青春の丘を越えて

詩人・島田芳文とその時代

松井義弘
matsui yoshihiro

石風社

青春の丘を越えて　詩人・島田芳文とその時代◉もくじ

青春の丘を越えて　詩人・島田芳文とその時代

序章

島田光子の歌集『十字座』が私の手元に送られてきたのは、昭和五十二年の春先であった。その巻末に、歌人の石田比呂志《ひろし》が跋文を寄せている。

「光子さんは『女人芸術』などに深町瑠美子《るみこ》のペンネームで詩を発表し、昭和初期、すでに詩集『闇を裂く』を発表したらしいが、それがどんな詩であるか私は見ていないので知らない。長谷川時雨《しぐれ》、神近市子、林芙美子《ふみこ》、深尾須磨子らとも旧知であると聞き、ほほうと、光子さんの顔を見直した。（後略）」

私もこのとき初めて島田芳文の妻・島田光子の来歴を知り、七十を過ぎた老女の癒し難い悲しみに触れ、その作品に深い共感を抱いた。それが、この評伝の執筆動機である。

また、この評伝は最初に文化誌「邪馬台《やまたい》」（季刊）の昭和五十九年夏号から六十三年冬号まで十八回に亘って連載したものである。連載が終って二十年近くも放置してきたのにはさまざまな理由があったが、今はそれを語る時ではない。

しかし、二つだけ理由を書くとすれば、島田光子が昭和五十八年の秋に他界し、平成元年の春には長女の末延洋子が急逝したことである。正直なところ、私はその段階で気落ちしてしまった。それから間もなく、次の『小川獨笑伝《どくしょう》』の執筆を始めた。幸いに『小川獨笑伝』は、「邪馬台」誌に連載中から評判が良く、平成八年五月に「豊前《ぶぜん》近代民衆史・一」というサブタイトルを付けて出版することが出来た。

そうしているうち、平成十五年に「豊前歴史倶楽部」という市民団体から、「島田芳文について講演をしてもらえないか」という要望があって、準備にとりかかった。たまたまその年の三月に、春秋社というところから村瀬学著『なぜ「丘」をうたう歌謡曲がたくさんつくられてきたのか 戦後歌謡と社会』という長い、一風変ったタイトルの本が出版された。それが「朝日新聞」の読書欄（全国版）に取り上げられ、評者の清水克雄氏が次のように書いている。

「流行歌が人の心をつかむのは、言葉に社会と共鳴するものがあるからではないのか。そう考えて、歌謡曲の歌詞を手がかりに時代の気分や日本人の心性をとらえようと試みる批評家や研究者は多い。だが、その作業が必ずしもうまくいかないのは、歌のヒットは歌詞だけでなく、曲や歌手の魅力、見せ方などによる部分も大きいからだ。

それだけに、歌詞だけで戦後の歴史イメージの全体像を読み解くなど無理ではないかと思ってしまうが、この本は無謀だと著者自らが認める試みにあえて挑んでみせた。予想外によくできた大衆社会史になった成功の理由は、キーワードとして『丘』に着目したことだろう。

戦後すぐの日本では『みかんの花咲く丘』や『港が見える丘』や時計台のある『緑の丘』などが登

場する歌が大量に生まれた。著者は、そこでうたわれた丘は『喪失と再起』を象徴し、失われた過去と新しい未来に人々の目を向けさせる役割をもっていたと主張する。そして、過去と未来の境界である『丘』は、岬や岸壁や波止場など、さまざまな言葉に形をかえて戦後の歌の世界でうたわれ続けたのだという。(後略)」

この文章を読んで、私はすぐ島田の代表作であり、古賀政男の作曲で大ヒットした「丘を越えて」を思い起した。早速、近所の書店に出向いて、取り寄せてくれるように依頼した。どういうわけか、一月近く待たされて、やっと手にしたその本は、二十頁も読まないうちに、私に深いショックを与えた。しばらくして、「村瀬さん、それは少しおかしいのではないですか。あなたは島田先生のことは、全く知らないのではないですか」と、ひそかに呟くとともに、内心の「忸怩《じくじ》たる思い」をどうすることも出来なかった。このやるせない思いの中には、やはりあの段階で本にしておくべきだったという後悔の念が多分に含まれていた。

やがて、「豊前歴史倶楽部」の講演の日が来た。百人余の出席者を前に、私はいささか興奮気味に次のような話をした。

「本日、ここに持参しましたこの本は、『なぜ「丘」をうたう歌謡曲がたくさんつくられてきたのか』というものですが、私はこの本を読んで大変なショックを受けると同時に、たいへん腹を立てています。それは、村瀬教授が『丘を越えて』の歌詞が『脳天気だ』と書いているからです。いまや『世界的な名曲』と評判の高いこの歌に対して、なぜ脳天気かという理由を次のように書いています。

『少し違ったニュアンスの『丘』の歌も、終戦後の若い人たちによく歌われヒットしていた。

晴れやかな君の笑顔　やさしくわれを呼びて　青春の花に憧れ
丘を越えて行く　空は青く　みどり萌ゆる大地　若き命
輝くパラダイス　二人を招くよ

（『青春のパラダイス』吉川静夫詞・福島正二曲、昭和21、1946）

この歌にも『丘』がある。しかし、今まで見てきた『丘』の歌とはどこか違っている。いい歌だけれど『軽い』感じがする。なぜなのか。それはこの歌に出てくる『丘』が、たたずむ場所としてではなく、『越えてゆく丘』として歌われているからだ。この歌では『丘』はあくまで通過点である。この歌には問うべき『過去』がないし、過去の声を踏まえて未来へ向かうという動きがない。つまり『喪失』と『再起』の運動がないのだ。やたらと無邪気に前進を勧める声と、それを謳歌する笑顔が聴こえるだけだ。この前進のみをうながす歌には、『軍歌』に通じるものがある、といえば言い過ぎになるだろうか。

そういえばこういうニュアンスの歌は、戦前でもしばしば歌われていた。もっとも有名なのは次のような歌であろう。

丘を越えて行こうよ　真澄の空は朗らかに晴れて　楽しい心
鳴るは胸の血潮よ　讃えよわが青春《はる》を　いざ行け遥か希望の丘を越えて

（『丘を越えて』島田芳文詞・古賀政男曲、昭和6、1931）

（中略）こういう歌が、そののちひたすら『丘を越え』て進軍する軍歌にすりかわってゆくのではなかったか。（後略）』」

さらに村瀬氏は「青い山脈」の歌詞を俎上に上げる。

「そうしたきわどい『丘』の歌の系列の中から、戦後異色の歌が大ヒットした。『青い山脈』である。

若く明るい歌声に　雪崩《なだれ》は消える花も咲く
青い山脈雪割りざくら　空のはて今日もわれらの夢を呼ぶ

古い上衣《うわぎ》よさようなら　さみしい夢よさようなら
青い山脈バラ色雲へ　あこがれの旅の乙女に鳥も啼《な》く

父も夢見た母もみた　旅路のはてのその涯《はて》の
青い山脈みどりの谷へ　旅をゆく若いわれらに鐘が鳴る

（『青い山脈』西條八十《やそ》詞・服部良一曲、昭和24、1949）

（中略）『古い上衣』『さみしい夢』も、きっと『軍服』や『大東亜共栄圏』というようなものだったのだろう。そういう意味では、今、目の前にそびえる『山』は、これからの民主的な日本の国であり、まだそこには誰も登ったことがない。そこは『父も夢見た母もみた』と歌われるように、多

くの人が『ただ夢見て』きただけのものであった。しかし今その山は夢ではなく現実に向かって行けるものである。（中略）

しかしそれでもこの歌には『さよなら』はあっても『弔い』がないような感じがする。『過去』と語らう場面がないような感じがする。『丘』はいとも簡単に越えて行かれてしまっているような感じがするからだ。むろんそうはいっても、戦前の『丘を越えて』のような脳天気さはこの歌にはない。（後略）」

しかし、どんなに巧妙に「理論立て」しても、島田芳文の「丘」はあくまでも「青春の希望の丘」であって、「軍国日本の越えてゆく丘」でもなければ、「脳天気」な歌でもなかった。それは、西條八十が「軍歌」であろうと「艶歌」であろうと「なんでもござれ」であったのに比し、島田芳文は一つの軍歌も手がけていないからだ。

そこで、「丘を越えて」が生まれた時代背景を説明する。昭和四年（一九二九）十月二十四日、アメリカのニューヨーク株式市場で株価が大暴落し、これが全世界に大きな影響を与えた。この日を人々は「暗黒の木曜日」と呼んだが、明けて昭和五年になると日本の不況も極限に達した。失業者は三百五十万とも、五百万とも言われる大失業時代になった。

失業した人は大八車に家財道具を積めるだけ積んで生まれ故郷を目指した。その列が、東海道線沿いの道路に長々と続いたそうである。また昭和五年の春は、いわゆる「大学は出たけれど」という状態で大学出の若者たちも就職先がなく、東京の巷に溢れていた。

そんな時代背景の中で、なぜか藤山一郎の歌う「酒は涙か溜息か」が大流行した。この高橋掬太郎《きくたろう》作詞のフレーズが大衆の意を得たのだろう、三十万枚もレコードが売れた。これに気をよくした古賀政男は、次に自らの作詞作曲で「影を慕いて」を藤山一郎に歌わせたところ、これも大ヒットした。

そんなある日、まだ東京音楽学校在学中だった藤山一郎が、

「先生、こんな暗いイメージの歌には飽きてしまいました。この次は、底抜けに明るい歌にしてくれませんか。」

とぼやいた。そこで古賀政男は、昭和四年の春にコンビを組んでヒットした「キャンプ小唄」の作詞者・島田芳文を再登用した。この「キャンプ小唄」は、後年の「サイクリング歌路線」につながる「青春讃歌」のはしりである。こうして三番手として生まれたのが「丘を越えて」だったのである。動機も発想も軍歌的要素は皆無である。純粋な「青春歌謡」と言えるのではないだろうか。未曾有の経済不況にあえぐ民衆を少しでも元気づけたいという発想が、どうしてただの「脳天気」なんかであるだろうか。

さて、島田光子の歌集『十字座』の送呈を受けた昭和五十二年から、光子の所属する「くろつち短歌会」の歌会に、私は努めて出席するようにした。主宰者の安仲光男とは二十年来の交際があり、黒土《くろつち》町には筆者の父方の親戚も何軒かある。そのようなわけで私が黒土の歌会に出席するのは、至って自然な状態で始まったと言ってよかった。

だから、島田光子との交際も自然なかたちで進んだのである。特に、私の最初の評伝『黒い谷間の青春――山本詞《つぐる》の人間と文学』が昭和五十七年に出版された時、彼女は私の手を取るようにして喜ん

でくれた記憶がある。ただ、光子はその頃から健康を害して入院し、歌会にも欠席することが多くなった。入院中の光子を訪ねて、島田芳文の評伝を書きたい意向を告げたとき、光子はとても難しい顔つきをした。そのとき、資料の大半が中津の作家・松下竜一の手元に渡っていたのである。

もちろん、私は島田光子を説得し、松下竜一に事情を話して資料を入手したわけであるが、それから光子の病状は悪くなる一方であった。その翌年の秋に光子は他界したが、幸いに長女の末延洋子が私の「聞き書き」につきあってくれた。しかし、今度はその洋子が五年後に肺がんで急逝しようとは、夢にも思わなかった。私は、深い落胆を感じた。

ある日、私は二冊目の評伝『仏教済世軍の旗』を読み返しているうちに、最もやらなければならないのは、村瀬氏のような言葉のレトリックに頼らず、詩人・島田芳文が人間形成を果たした青春時代に帰ることだと気づいた。光子が島田芳文に出会ったのは大正十四年、島田が二十七歳の時である。そして島田芳文の揺りかご、大正こそ「詩人・島田芳文」のキーポイントではないかということに思い至った。私は気を取り直してふたたび「大正時代」に挑んでみようと立ちあがった。

第一章　その故郷

豊前地方の地図を拡げてみると、島田芳文の故郷・黒土《くろつち》は、佐井《さい》川と岩岳《いわたけ》川に挟まれて、あたかも三角州のように見える。天然記念物筑紫石楠花《しゃくなげ》の群生する犬ヶ嶽を水源にした佐井川が、霊峰求菩提《くぼて》山の裾を洗いながら、岩屋、合河《ごうがわ》地区を流れ下り、千手観音のある所「旧薬師寺村」のあたりから大きく東に折れる。老人ホーム「亀保ノ里」の手前から鬼木《おんのき》部落をえぐるようにして、不自然に東に向かって流れる佐井川を見ながら、私はひとつの仮説を考えた。

千手観音は行基の作と伝えられている。現在「乳の観音」に祀られている千手観音像の由来について、私は以前から釈然としないところがあった。行基《ぎょうぎ》という人は、奈良時代の和泉《いずみ》地方に生まれ、諸国を巡遊しながら、池堤設置、寺院建立、道路開拓、橋梁架設を行い、当時の治水灌漑《かんがい》土木工事の第一人者であった。民衆から「行基菩薩」と讃仰されていたのはその為である。行基が豊前地方に来た事情は詳《つまび》らかではないが、薬師寺の建立と佐井川の治水淮漑工事であったと私は考察する。「乳の観音」の少し先あたりには高垣の堤が三、四百米に渉って築かれている。一方、岩岳川は「乳の観音」少し上方、山内部落の東部から始まる。ここが古い堰《せき》であることは現地に行ってみれば歴然としている。つまり、その先の岩岳川は淮漑用水のために造られたのではないかということである。

現豊前市黒土町、旧築上《ちくじょう》郡黒土村、もっと古くは上毛郡《こうげごおり》黒土郷といわれていたこの地方は、「宇佐宮弥勒寺喜多院所領聞庄園之事」という古文書によれば、宇佐神宮の荘園であった。「黒土庄、庄田三十町、名田四十町」と記載されている。そういえば黒土町の鎮守は「石清水八幡宮」であり、主神は八幡大神である。これに関連する事項としてもうひとつ、「鬼木表《おもて》」について『築上郡史』には次のように書かれてある。

「鬼木表―七島表のこと。七島とは七島藺《い》の略称で、これを以って作った畳表を七島表という。七島とは大隈薩南の南、宝七島から伝ってきたからである。原産地は支那、印度、馬来《マレー》半島の熱帯地方。琉球や宝七島で古くから栽培されていた。」

柳田国男の『海上の道』を読んだことのある人は、すぐ納得がゆくだろう。豊後または肥後、筑後を経て豊前の地まで藺草《いぐさ》がきた経路に、宇佐の豪族たちの存在が大きかったことも、古代の商業経済ルートの様々な研究成果によって明白である。

佐井川の下流域にあって、佐井川が氾濫するたびに蛇行したであろう「黒土郷」には、たしかに湿田が多い。藺草の栽培に適していたことは確かである。昭和三十三年の西日本大旱害の時に、私自身が眼のあたりにしたことであるが、黒土地区の岸井、久路土《くろつち》、堀立《ほりたて》、梶屋あたりは、二、三メートルも掘ると小石ががらがら出てくる。水がすぐ湧いて出る。それに比べて、岩岳川の西岸地区にあたる千束《ちづか》町塔田地区は十数メートル掘っても赤土と黄粉石ばかりであった。水道敷設のため、豊前市の依頼で九州大学の地質学部が調べた結果、岩岳川の西岸地区は太古の尾根であり、東側は佐井川が流れを変えるたびにできたクリーク地帯だという。「黒土郷」の水の豊かさを見つつ私は、このあたりこそ「豊葦原ノ瑞穂ノ国」だったのではないかと思った。

　黒土町鬼木部落の住人である楠本藤吉翁は、その著書『明治末期の農村の面影』の中に、このあたりの風物を次のように活写している。

「村を掩《おお》ふような大木を目指して行けば、古木の生い茂る広い屋敷の家である。白壁の塀に取り囲まれた中に、一際大きい家と白壁の土蔵が幾棟も並んで建っていたら、間違いなく大地主だった。三百俵か、五百俵か、千俵の『よまいとり』（とくまいとり、小作とり）で、多くは、その昔、庄屋だったと言ふ家柄だった。村の耕地の半分近くが、これら地主の所有だったので、その権勢は大きかった。篤農とか、豪農とか呼ばれ、資産家だったから学識もあれば、心身に余裕もあって、社会の開発者であり、指導者であった。そして厳然たる有志で、農民から『旦那さん』『ごりょんさん』『ぼっちゃん』『じょっちゃん』と呼ばれて崇敬されていた。下男や下女を使役して常に袂附きの着物だった。この資産の多くは、世襲されたもので、親から譲り受けた耕地を守り、子や孫に伝えることを義務のように考えていた。百俵、二百俵、三百俵の地主は、どこの村にも数軒あったが、何れも親譲りの資産であった。時には働き蓄めたと言ふ家もあったが、貧農から大地主になった成金的な地主はある筈がなかった。（以下略）」

島田芳文の生れた家も、そのような地主の中の一軒であったが、庄屋ではなかった。庄屋であった「高橋家」でさえ、最盛時で十三町歩、「余米《よまい》」は五百俵であった。黒土近在の大地主といえば「金光家」と「猫田家」で、共に「余米」千俵であったというのが、古老たちの証言である。千俵で約二十五町歩ぐらいだから、島田家は二十町歩前後だったであろうと「高橋家」の現当主・高橋忠夫が話してくれた。

島田家がどのようにしてこれほどの財産を成すに至ったかということは、すでに古老たちもよくは知らない。ただ言えることは、困っている零細農に金品を貸してやり、その返却ができない場合は、担保にしていた田畑の名義変えをするという方法や、火事病人といった不幸のために金が急に入用となり、自作の農地を資産家に買ってもらって、自らはその土地の小作人になるといったケースが多かったことである。

島田芳文の祖父は薬師寺の漢学者・恒遠門下で教えを受けたこともあり、なかなかの倹約家であった。島田家の資産の大半は、この祖父島田節平の時代に築かれたという話である。

『農土思慕』という詩集の中で、芳文は次のように歌っている。

雲切れの赤い夕映にあまく浸りながら
黄昏の丘に立っていると
丘の下に
大地を踏み固める力づよい跫音《あしおと》をきく

収穫の後に第二の種子をおろした農夫が
そのたくましい肩に桶を担ぎ
土にまみれた鋤を手にして
夕陽を茜色に浴びながら帰って行く
健やかな土に育った足
地心の愛撫に成長した足の
峻厳さに打たれながら
私は敬虔なリト《ママ》ムと壮美さへ感ずる

凝《じ》っと見送っている私の冥想は
羽毛の如く遠く三百里の南国へ飛んで行く
祖先代代農土に生れ
土に育ち土と共に生きながら
土の上に築かれた数万の富の餘映で
今、土を離れて都会に生きる私は
この素朴な点景の前に泪ぐましくなってくる

森蔭のささやかな茅屋から
細細と夕餉の煙が
素朴な秋の生命の中に
立ち昇っているのを見ると
郷愁よりも更に峻厳な泪が滲んでくる
今、数十町歩の田地を擁し
壮重なる邸宅を構へてゐる郷家も
その昔、祖先数代の前は
かの細細とした茅屋ではなかったろうか
農土に生れた私の足は
今、土を離れて都会の中に
何を模索しようとするのか（後略）

この作品は「土についた足」と題されている。『農土思慕』は昭和二年の春に上梓されているから、その何年か前に書かれたものであろう。二十代の感傷を込めながらも、自己の体質にまで踏みこんで行こうとするヒューマンな姿勢がある。『農土思慕』がどのような文学的背景のもとに書かれたかは、後章で詳しく述べるとして、白鳥省吾《しろとりせいご》、福田正夫、井上康文《やすぶみ》らの「民衆詩派」の影響下に書かかれたものであるだけに、零細農の位置にまで下りて行こうとする感応性がある。地主の家に育った者の胸襟の表白を通して、時代精神への共鳴を歌ったのだ。

ところで、この作品を抽いてきた意図は鑑賞のためではない。芳文が郷里の家と農夫をどのように把えていたかということである。地主の「ぼっちゃん」の視線がどこに注がれていたか、この作品は少しばかり語ってくれている。

さて、今少し島田家の来歴について語る必要があるかと思うので、おつきあいを願いたい。前述の如く恒遠塾で学んだ節平は、「これからの時代は教育だ」という信念を深くしていた。長男でありながら分家した節平は、まずひとり息子の碩之助《せきのすけ》を博多の「修猷館《しゅうゆうかん》」に学ばせた。

明治の初期、博多に行くには行橋から仲哀峠《ちゅうあい》を越え、更に八木山《やきやま》越えをして博多に入るか、宇島港《うのしま》から船に乗り、門司の田の浦経由で博多入りするかであった。碩之助は単身で船に乗り、関門海峡を抜けて荒波の玄界灘から博多入りした。父母と水杯を交して出発した日のことを、碩之助は自分の子供たちにひとつ話のようにして、何回も語って聞かせたということである。

これは余談であるが、中津の小祝《こいわい》に「京泊」が築港されるのは後世のことで、江戸時代の末頃まで、耶馬渓《やばけい》や下毛《しもげ》郡の年貢米は宇島港を経て下関、京阪、四国へと輸送されていた。この地に「小今井家」のような豪商が栄えた理由の一端はそのためである。

碩之助は修猷館を卒業すると、更に東京に遊学した。今の早稲田大学の前身である「東京専門学校」に入学し、法律専門部に在席した。ところが、その当時としては出色の学歴を持たせながら、節平は碩之助を郷里に呼び戻すのである。ひとり息子の故もあったが、地主の家を継ぐ者の保守性というべきか、節平は島田本家の島田兵三郎の二女ユクを娶らせる。つまり、いとこ同士の結婚であった。昔は大家ほどこの傾向が強かったということである。近親で婚姻をすれば、財産が散らないでよいということである。節平の時代の人々が抱いていた古い農本主義の体質といえようか。

島田芳文は碩之助とユクの間に、長男として明治三十一年二月十一日に生れた。折しも、めでたい紀元節の日である。戸籍上の名は「義文《よしふみ》」であった。したがって「芳文」はペンネームということになる。人の名前というものは面白いものだ。「義文」はどこか堅物の政治家といったイメージがあり、「芳文」には詩人的だが少しばかり軟派のイメージが添加される。人はその名前によって一生を支配されるともいうが、決して過言ではあるまい。父碩之助が自らの願いを込めて命名した「義文」に、徹底的に反抗するかたちとなったのが「芳文」であった。その真の意味を理解して貰うためには、この評伝の枚数を重ねなくてはならない。

さて、島田芳文の生まれ育った風土と人情について、もう少し紹介しておく必要があるだろう。人は時代の子であると同時に、多く環境の子でもあるからだ。

そこで、再び楠本藤吉翁に応援を願うことにしたい。

「米麦を俵に入れて、土間に積んでから、主人は、先ずは中津の宇佐屋相場から、宇島の浜相場や、数人の仲買人に買値を聞いて見る。今が売り時と思ったら、仲買人と交渉をする。仲買人は『サシ』を俵に差して、その質を検査してから、値段を決める。現金取引が終ってから、馬車挽《ひき》に頼んで運び去る。これが庭売りの常道である。併し、これは裕福な家の事で、一般農家は年末ともなれば、是が非でも売らねばならん。当時の農家は、酒も魚も、理髪代その他の店買は、盆と正月の二回に支払ふ事になっていた。（後略）」（前掲『明治末期の農村の面影』より）

芳文の実妹・静子の話によれば、島田家には倉が二棟あったという。六百坪からある広大な島田家の庭先に立つと、盛んであった往時の賑いが偲ばれる。屋敷の東隅に立つ椋の喬木《きょうぼく》は「余米」七、八百俵の出入を見てきたにちがいない。小作農家の土間から次々と運び込まれて来る米麦を、帖面を片手に声を高くして指図する主人や使用人たち。白壁の地主の倉に納められた後、法被《はっぴ》姿の商人たちが現われて値踏みをする。売買が成立すると、今度はそれを街や港に運ぶ馬車挽らの出番である。馬車挽たちの高声と馬の糞尿の臭いがたちこめる荷役のひととき。冬の往還に馬糞が湯気をたてていた光景は、今や一種の郷愁とともに思い起こされる。

古老の一人である高橋進（昭和五十九年当時八十四歳）は芳文より二歳下であるが、少年時代、ともに遊んだ日の記憶を次のように語った。

「色の青白い、おとなしい子供じゃった。島田家はわたしらには近寄り難い雰囲気があっての、あまり遊びには行かんじゃった。石清水八幡宮のある白旗の森で一緒によく遊んだり、川や池に行った。特に、冬の竹馬遊びの楽しかったことが忘れられん。」

村の東端と西端を大川が流れ、藺草の特産地だったほどだから沼沢が多い。子供の遊ぶところは尽きなかったであろう。島田家の屋敷の中は子供たちには遊んではならない場所だったのではないか。古老たちは誰も島田屋敷の記憶が薄い。昭和九年に発行された第四童謡集『どんどろ坂』の表題作を

島田家屋敷（昭和10年頃）

次に紹介する。

登ろよ　登ろ
ドンドロ坂　登ろ
赤土　砂土　つるつるすべる
　つづいて登ろ
　登れば禿山《はげやま》　姫小松
　　ドンドロ　ドロ坂
　　ドンドロドンと登ろ

登ろよ　登ろ
ドンドロ坂　登ろ
足跡　靴跡　つるつるすべる
　早いが勝ちよ
　お山の大将　おれ一人
　　ドンドロ　ドロ坂
　　ドンドロドンと登ろ

発想地は不明だが、この童謡詩は前に紹介した「土についた足」の原郷である。この詩は、藤井清《きよ》水《み》によって曲がつけられているそうだが、私にはその譜面をみつけることができなかった。次に昭和六年、古賀政男のギター・ソロで有名になった「月の浜辺」(「丘を越えて」のB面)の歌詞を書き抜く。

月影白き　波の上
ただひとり聞く　調べ
告げよ　千鳥
姿いずこ　かの人
ああ　悩ましの　夏の夜
こころなの　別れ

これが宇島の明神海岸を島田が散策していて発想を得たものであると耳にしたのは、つい最近のことである。楠本藤吉翁は前掲の『明治末期の農村の面影』の「潮汲みと敬神行事」の章において、次のように回想している。

「友達四、五人とお宮に椎の実拾いに行った。飛び廻って遊んでいると、御神殿の手すりに、竹の柄の先に、竹の筒を三本ぶら下げたものが引掛けてある。手に取って見ると、筒の底に節があるので、潮汲筒であることが判った。向うの手すりにも三、四組ある。裏に廻ると、七、八本も引掛けてある。拝殿にもぶら下がっている。森の木の枝にも、あちこちに目についた。当時は何処のお宮でも、この潮汲筒が置き去りにしてあった。特に、手洗所の柱には鈴なりに引掛けてあった。潮汲が終ったとき、この潮汲筒は神器であるから家に持ち帰っても粗末になるので、神域に置いたものらしい。よく見ると、新しいものもあるが古いものは二十年も経ったであろうと思われるものもある。新しいものは日露開戦中、戦捷祈願のため氏子達が三三五五、早朝未明に宇島の海岸までこの潮汲筒を下げて行き、裾を高くまくって行けるだけ沖の方に進んで濁りのない清浄な潮を汲み入れ、徒歩で手に提げて持ち帰り、御神殿にふりかけて一途に祈願した。古いものは日清戦争で大勝したとき、神威に感謝して行った。当時は、国の変事や皇室の憂事に際し、国民は挙《こぞ》って潮汲みをして、平穏安泰を祈った。その後、日露の役で旅順や奉天が陥落した時であった。明治天皇の御病篤しと発表されるや、挙村一致で潮汲みを行った。」

この中の「御神殿」こそ、先に紹介した黒土村の鎮守・石清水八幡宮のことである。

さてこの神社の祠官であり、黒土村の名村長として今にまで讃えられている矢幡《やはた》小太郎が、この村に残した業蹟とその精神的文化面での影響は多大であった。小太郎の父は矢幡勝季といい、代々石清水八幡宮の祠官であった。小太郎は二男で、長男は太刀彦といった。安政元年生れで、十五歳のときに恒遠精斎《つねとうせいさい》の門に入り、のち戸早《とはや》春村《しゅんそん》に師事し、やがて中津の道生館《どうせい》において母方の叔父渡辺重石丸《いかりまる》につき、兄の太刀彦と共に英才の誉れが高かった。

兄の太刀彦は増田宋太郎、末松謙澄《けんちょう》、蜂巣亭《はちすとおる》、大橋奇男《くすお》、中尾豊岳《ほうがく》らと交り、国事に奔走した人物である。豊前忠勤史の中心人物として、京阪に出て天下の勤皇の志士たちと共に行動した。太刀彦は単身上京して、太政官に建白書をつきつけたほどの熱血漢であった。その意気に有栖川宮《ありすがわのみや》がいたく感服し、謝状を賜わったという。明治十年、増田宋太郎が西郷隆盛に呼応して兵を挙げたとき、太刀彦はこれを抑えんとして詩歌一首に自己の真情をこめて贈ったが、宋太郎は太刀彦の意見にしたがわなかったというエピソードもある。

このような兄を持っただけに、小太郎も勤皇思想に篤く、明治神宮の宮司であった甘露寺受長《おさなが》を黒土に招いて「教学興隆之碑」（現在の黒土農協の前にある）を建立するほどであった。明治十七年に鬼木、久路土、岸井、堀立、梶屋、小石原《こいしわら》、高田、広瀬九ヶ村の戸長に任ぜられ、明治二十二年の町村制実施に伴い、黒土村初代村長となった。大正十三年七月に病気退職して、バトンを島田碩之助に渡すまで実に四十年余に亘って村政を担った。明治四十四年に黒土村は優良村として内務大臣から全国表彰を受けている。これは一重に矢幡小太郎の尽力によるものであった。教育というものにいかに力を入れたかは、島田一族だけを調べただけでも驚くほどである。東大三人、早大五人、一橋大一人、慶大二人、広島高師二人、仙台高師一人、実践女子大一人という具合で、島田家はひととき大学生のオンパレードであった。

このような空気の中で、義文少年は幼年期を送るのであるが、色白でやさしい感じだったというだけで、エピソードに乏しく、村人に残した印象は稀薄であった。

第二章　少年期の周辺

黒土小学校の後藤募《つのる》校長のことを私が初めて耳にしたのは、前章で紹介した楠本藤吉翁からであった。校庭の栴檀《せんだん》の老樹から熊蝉の合唱が耳をつんざくように聴こえてくる。夏休みの校庭には全く人影がなかった。校門を入ってすぐ右側に、その「後藤募先生」の胸像が建てられている。そのブロンズは緑青《りょくしょう》がふいて、あたかも汗の如く顔面を流れている。頬骨が高く、顎の張った、眉毛の濃いその面貌は、強固な意志と卓抜な指導力の持主であったことを裏付けるものである。ペスタロッチのように、胸像は運動場の彼方、経読岳《きょうよみ》のあたりをじっと見詰めている。

後藤募は慶応二年に宇島町赤熊《あかぐま》に生まれ、「資性頗《すこぶ》る勤直、熱誠の人」であったと、胸像の台座に記されている。黒土小学校に奉職したのが明治二十五年九月のことで、弱冠二十七歳の青年校長であった。それから二十五年間余も在任し、学校教育は勿論のこと、矢幡小太郎村長と常にコンビを組み、黒土村の社会教育に多大の貢献をした。その頃は小学校長が青年団長をも兼任していたというから、現代の校長職とは比較にならないくらいの重職であった。この後藤校長が多くの村民や卒業生に与えた影響は量り知れないものがある。

黒土小学校は、明治四十二年に福岡県の優良小学校として表彰された。義文少年が入学したのは明治三十七年四月である。卒業は四十三年三月。後藤校長の教育者としての壮盛期にあたる訳で、影響力甚大であったということになる。重ねて、大正四年の御大典記念に、後藤校長は文部省から教育者としての最高表彰を受けている。「教育村」として、黒土村の名声が広く内外に伝播されたのはこのような事由による。

汗を拭きながら訪れた黒土小学校の玄関先で、私が次に眼にしたのは、島田芳文作詞の校歌を書いた大きな額であった。

一

仰ぐ求菩提や犬ヶ岳
山に久遠の教えあり
誠実の道をひとすじに
明るい窓よ師と共に
楽しく学び励まなん

二

雨のあしたも風の日も
描く希望の青い空
こころを磨き身を鍛え
忍び耐えつつ朗らかに
正しく強く伸び行かん

三

清き流れの岩清水
集い注ぐよ周防《すおう》灘
互に助けいたわりて
力を合せ共同の
心を常に培わん

四

恵み豊かな黒土の
平和の光射すところ
文化の園よ自治の華

咲かせて競う友われら
母校の誉《ほまれ》いざ揚げん

校訓の「誠実、忍耐、共同、自治」を織り込んだ郷土色豊かな出来栄えである。特に「恵み豊かな黒土」や「清き流れの岩清水」は、第一章においてすでに紹介した。後藤校長時代からの校訓を、敗戦後の故郷の子や孫に、再び取りあげて「伝統」としたところに、島田の少年時代への感懐の深さを私は見て取る。

明治三十二年生れの楠本藤吉翁は、黒土小学校時代の思い出を次のように綴っている。

「私の通ったのは黒土尋常小学校で、四年迄あった。三年生位の時、六年制となり、千束高等小学校から五年生と六年生が帰って来た。やがて、高等小学校は尋常科と併置されることになり、尋常高等小学校と改まった。一躍、児童数が倍増したので、校舎は千束高等小学校から移した。先生も多くなり、大世帯の学校となった。子沢山の当時、六百戸の黒土村に児童が五百人以上だった。」(前掲『明治末期の農村の面影』より)

島田は明治三十一年二月生れだから、楠本翁より一年か三年上級になる。島田は一年だけ千束高等小学校に通学した。当時の千束小学校は現在の菊池医院の地にあった。その頃の千束小学校を語る文献はないが、千束小学校出身で中津中学時代の同級生でもあった下村信貞(後の満洲国高官)らと机を並べていた。ともあれ、義文少年は高等尋常科合併期の世代にあたる。だが、記憶力抜群の楠本翁をもってしても、島田の少年時代の記憶は皆無であった。少しがっかりした私に、楠本翁はそれを埋め合わせするかのように、多くのことを語ってくれた。以下は黒土小学校のことである。

「平屋建の校舎が東西に長く四棟あった。築上郡内の小学校二十二校中、二階建は一棟もなかった。玄関前の広場が朝礼などのときの集合場所だった。講堂には奉安室があったが、平日は普通教室や唱歌室にあてられていた。式日には間仕切りの板戸をはずして、二教室つづきの式場を作った。特別教室などというものはなかったから、理科の実験も手工も唱歌も普通教室で行った。それでもなぜか裁縫室だけはあった。和裁教師がいて、補習科生を教えていた。

校舎の外廻りはボテで止めた硝子障子だったが、廊下の内側には紙障子が建ててあり、廊下は現代のように板張りではなくて、土間の部分が多かった。座布団ぐらいの大きさの切り石が土間や校舎と校舎の間に並べられていて、その上を足を汚さないようにして、ピョンピョンと跳んで行き来した。各教室の出入口はドアになっていて、そこから先生方が出入りをしていた。後方の出入口は硝子障子造りで、遅刻した生徒が入って来ると『ガラガラ』と大きな音をたてた。

高さ三十センチぐらいの教壇の上に教卓があり、正面の塗板の上に校訓を額に入れて掲げてあった。左の隅に、黄色のすべすべした黒塗板と範書用の大筆が吊してあった。右側と後の柱には、細長い三分板に『艱難汝を玉にす』『忠臣は孝子の門より出づ』などの格言がかけてあった。南側の運動場は現在の三分の一ほどの広さで、体操や遊技の器具は何ひとつなかった。」

とにかく感心させられるのは楠本翁の記憶力の微に入り細を穿つことである。前章で私は「活写」という言葉を使ったが、ひとつひとつの事柄が目の前に浮ぶようである。

「男先生の大部分は詰襟服だった。中には羽織袴の先生が何人かいて、年増の男先生は髭をはやしたり、鞭を持ったりしていた。教鞭というより、悪戯をする生徒のためのものだった。眼鏡の多くは銀ぶちで、袴の帯に鎖を引掛け、胸懐から一握もある時計を取り出しては見ていた。女先生は長袖の着物にえび茶色の袴が普通で、浅黄や緑色をはいた人もままあった。長い大きな紐を前で結び、それを長く垂していた。髪は丸型に低く結んでいたので、『お盆先生』と言って陰口をたたいたりした。

生徒も全部和服だった。縞織が並で、金持ちの児童生徒は絣織だった。冬の上衣は袖無しか半纏で、良家の坊ちゃんは絣の羽織を着ていた。鼻汁を口までたらした児童が多く、どの子の袖口も鼻汁を横ずりし、それが乾いてぴかぴかに光っていた。履物は自分の家で作った藁草履がほとんどで、無器用者の家の子は角結《つの》びだった。中には小奇麗な七島草履を履いてくる生徒もあった。坊ちゃんは竹の皮草履を買ってきて履いていたが、弱いために緒を切らし、よく手にぶら下げて下校していた。」

翁からの聞き書きや記録をかくも長く紹介したのは、義文少年の写真が残っていない為である。小学校時代のものと云えば、黒土小学校にあった「成績表」ぐらいである。和紙を綴じたものに墨で記入してあった。

「住所、黒土村大字久路土。父親　島田碩之助。生年月日、明治三十一年二月十一日。」

と、記入されていて、その項の最後に「平民」と書き込まれていた。島田義文の成績査定は甲乙丙丁方式である。まずは修身。一年から五年まで甲なのに六年のみが何故か乙であった。国語、算術、日本歴史、地理、理科まで全部甲である。図画が五年は甲だが、六年は乙。唱歌は三年からあって全部甲。体操は五年まで甲なのに、六年のみが乙になっている。あとは手工と操行だが、共に全部甲。

ただひとつ、どうしても理解できないのが健康欄で、一年と二年の所に「白腺」と記入されていたことである。更に、三年生のところに「耳・丁」としてあり、体格は五年と六年の欄に「弱」の字が記入してある。「強・中・弱」の三項のうちの「弱」である。あとは「明治四十一年三月二十五日卒業」とある。

以上の成績表から推測して、体操の六年の乙と体格の弱は、多分「病弱」と思われる。出席日数を調べてみたが、一年が二百四十八日に対し、五年二百四十六日、六年二百四十四日となっているから、それほどの欠席日数ではない。多分、体操を休むことが多かった程度であろう。中津中学の入学が大正元年四月だから、この間に一年のブランクがある。この一年の浪人生活は、多分、病弱治療のためであり、成績不振とは思われない。

昭和五十七年一月六日から、西日本新聞の大分県版に「白楊讃歌―中中・南高物語」が連載された。その八月二十六日付に島田芳文は「作詞家」として紹介されていて、この中に次のような記述がある。「小学校四年生ごろ、両親から『今は子供だが、やがて成人し、お前がひとりになった時、なにもないと寂しい思いをすることになる。なんでもいいから、一つだけ好きなことを、しかも一生かかってやり通しなさい』と言われ、詩を作り始めたという。(中略)

庭に出たり、野に行くと、不思議にも草や木が、空や水が、私に話しかけてくる気がして、自然の変化のすばらしさに、目を見張る思いがした。そこから私の詩が生れたと書き残している。この少年の思い出が、作詞家・島田芳文の人生の原点になった。」

往年の作詞家として名声を得た時代に、その名声を踏まえての回想文であるから、あたかも少年時代から天才的であったかの感がするが、はっきり云えば本好きの少年の感傷といった程度のこと。彼が詩人として本格的な自己形成をするのは、早稲田大学に入学して後のことである。

この「本好きの少年」のイメージは、良家の長男に多いタイプであって、母親ユクが家の中で近在の娘たちに裁縫を教えていたために、義文少年は学校から帰ってきても、ひとりで静かにしていなければならなかった。「日本少年」の主筆だった有本芳水の詩を熟読する文学少年であった。これは、その家庭環境と病弱にも依るのではないだろうか。その母親のことを「煙」というタイトルの小作品の中で、島田は次のように書いているからだ。

「幾日となく感傷的な気分が彼の心に漲っていた。為すこともなく凝乎《じっ》としていると、意気地の無い自分がつくづく情なくなって衷心から呪わしくなったり、又、堪らなく可愛想になったりして、何時しか仙一の瞳は涙に潤むでゐた。仙一は、こうした遣瀬《やるせ》ない心の凡てを打明け合う人があったら、こうした心を充分理解して、温かい同情の言葉で沁々と慰めてくれる人があったら、どんなに嬉しい事だろうかと思ってみた。しかし、不幸にして彼にはこうした友を一人も持ってはいなかった。

『仙ちゃん、何しているの』

余りにふさいでいる彼を見出す度に、彼の母の眉には心配の兆が泛むでゐた。

（中略）

『可笑しいわねえ、何時もそんなことばかりしてゐて。少しは散歩にも出なさいよ。お父さんは勝気だから、口には出さないけど随分心配してゐますよ。』

彼女は椅子の後へもたれて微笑むだ。

『ええ、お母さん有難う』

『仙ちゃんの事だから別に何も世話なんかしないけど、体だけは大事にしてねえ』

心の中ではどんなに心配していても、決して表に現わさなかった。それを見る度に、仙一は母に泣かれるよりも一層つらかった。

『お母さん、何時までも子供でゐたい！』

仙一は柔らかい掌を弄び乍ら、少年の心に立ち返ってゐた。

『仙ちゃん、仙ちゃんは母さんの心がよく判ってゐるわねえ』

母は仙一の手を握り返して横顔を覗いた。束髪に結った彼女の前髪の後れ毛が、彼の顔をそっとなぶった。

『ええ、お母さんの心はよく判ってゐますよ。でも、お母さんには私の心がすっかりお判りになりません。でも、私は満足してゐます。お母さんが心配していると思ふと、私のやろうと思ってゐることに靄《もや》がかかって来ますから……。お母さんだけは私のこと、みんな肯定してゐて下さるでしょうね』

『仙ちゃん、私は仙ちゃんを何処までも信じてゐるから、私の心を裏切るやうなことしないでね』

（中略）

四十に二つ三つ足らない彼の母を、瀟洒な衣裳と束髪とが齢に似合わないほど若くしていた。（中略）

やがて午食の仕度の時間になると、女中の催促で母は台所の方へと下りて行った。後にひとり残された仙一は、久方振りに豊かになった心を抱いて山の方を眺めていた。半ば葉を振り落した榎の樹の天辺で百舌鳥がひとしきり啼いてゐたが、何処かへ飛び去ると彼は急に寂しさに捕はれて来た。」

この「煙」という短編小説は大正十一年五月七日、つまり島田が二十三歳のときに書かれた作品である。第一創作集『愛光《あいこう》』の冒頭に位置し、扉には「故郷にゐます母上に捧ぐ」と記されている。発行が大正十年十二月十五日と奥付にある。このような母の像を彫《きざ》むことによって、いや、むしろ、そのような母親像を書かずにはおれなかったところに、島田の祈りがこめられている、と私は感じた。

「母みずから母というものを言はざりき此の母の中の母とぞ思ふ」と絶唱しているのは歌人・人形作家の鹿児島寿蔵であるが、明治生れの、この世代の母への想いには共通のものが秘められているように思う。

「煙」という小説のストーリーは、主人公の仙一が従妹の美弥子を秘かに愛し始めて悩んでいるのを、その母は知っていながら、あからさまには息子に忠告せず、身振素振の中で仙一の気持をおしとどめようとするのである。最後は次のような描写で一編を結んでいる。

「晴天の日にありがちな低い風が——小さい気流が——彼の足下から起ってパッと火を吹きたてた。彼はその都度、自分の罪と惨酷とを恨む人の執念を思って、軽い反動的な恐怖を感じた。美弥子の心が残ってゐる精《ママ》か、煙が彼の眼に沁みて、泪を誘ひ出した。

『凡てが煙だ！』

不図、ツルゲーネフの『スモーク』の言葉が、逝く秋の蜻蛉が帽子にとまったやうに、頭の裡に泛むできた。書椽の大和障子を細目に開いて、先程から仙一の方を見詰めている彼の母の瞳にも、泪がいっぱい溜ってゐた。」

このようなかたちで、若い島田は母親像を書くしかなかったのであろう。第一創作集『愛光』については、後章で詳しく触れることになるが、母親ユクへの情を、こんなかたちで表現しようとしたところに、島田芳文という「ものかき」の資質の一端がかいま見える。

少年時代の義文について筆を置く前に、どうしても書いておきたいことがある。それは明治の末年に黒土村で起ったひとつの殺人事件のことであった。

黒土村の金光家といえば、築上郡でも一軒か二軒しかない「余米千俵」の大地主であった。その「金光家」の老夫婦が、一夜のうちに何処の誰とも知れぬ人間に殺されていたという事件である。それが原因で、金光家は没落するのであるが、この薄気味の悪い、どこか底の深い殺人事件は、少年義文の心の襞《ひだ》に暗い影を投げかけた。自分の家も「余米取り」の大地主であるということが、単純に喜んでいられないことだと思い知らされたからである。

少年義文の耳に、金光家の事件はさまざまの噂となって村人の口から口へ伝わり、得体の知れない不安として再入してきた。

「あんまりあこぎなことをしよると、ろくなことはないわな。」

「借金のかたに田地をとりあげて、小作を泣かせちきたきのお、恨みをこうてもしかたがあるめえ。」

「あのケチ親爺が、ゼニはどれだけあるか知れんのんに、出す道は知らん。ただ貯めこむばかりじゃきのお、狙われてん仕方があるめえ。」

といった陰口や流言であった。少年義文は「島田家にも、いつの日かあんなことが……」と秘かに思ったにちがいない。いずれは長男である自分が地主の「島田家」を継ぐ宿命にあるのだと思うと、そうでなくても内気な義文を震撼させるに充分であった。ひとつの潜在意識として、義文少年の意識の底に暗い傷痕を残した。この殺人事件は、豊前の地にもひたひたと寄せてきつつあった大正デモクラシーの前ぶれであった。

第三章　豊前の三傑

金光老夫婦殺人事件は遂に犯人があがらなかったし、殺人の動機もはっきりしないままであった。この事件に言い知れぬ不安を感じたのは、ひとり義文少年だけではなかった。父親の碩之助がその後に成したことを辿ってみると分明である。

島田家の墓所を私が初めて訪ねたのは、昭和五十八年の夏であった。これは評伝を書く時の定石のひとつでもあるが、私には内心別の目的があった。

島田家の墓所は、黒土小学校の校庭から南へ百メートル足らずのところにある。他家よりも低いが横幅の広い墓石が二基、まず私の眼に入った。右側に「島田節平之墓」、左に「島田チヲ之墓」と記されていて、「大正十五年十月七日、男碩之助建之」としてある。碩之助がこうして両親の墓碑を建てた心底は、墓誌に述べられている。

「考諱節平、利右衛門之嫡男以、天保元年十一月十五日生、為人温順其心厚仁、而好施又頗長理賊、遂致巨万之富。明治三年當千束藩廳之造営献資、以故許帯刀、其後屡選村名誉職、盡力於公共事業、受褒状数次。夙帰仏乗老後、信念愈固、為光林寺檀家総代卒先授、浄財唱本堂再建、更以独力営経堂、爾来亙六十余年之久為同寺奔走、盛暑厳寒無一日怠参詣。矣大正四年十一月十日逢即位之大典、齢己八十六賜天盃。八年十月十日広瀬橋落成、以家庭円満福徳長寿之故為郡長所表彰、夫妻相携荷渡初之栄。九年十月七日称名三昧裏恰如眠而往生馬、享年九十一才」

この夫婦墓の裏側に「水野棟三郎藤原義正墓」と記された墓碑がある。これは碩之助の妻ユクの母方の祖父にあたる人物である。中津の郷土史家である今永正樹が小倉郷土史会発行の「千束藩覚え書」と書かれた資料集のなかで、その水野棟三郎に触れて次のように書いている。

「さて、幕末の小倉変動である。小倉城も火に包まれ、篠崎邸も焼けた。小倉藩主小笠原豊千代（忠忱）、小笠原貞正ともに肥後にのがれ、貞正は一時山鹿に滞在したりした。まもなく豊前にかえり、田川郡香春《かわら》に移り、慶応二年十一月一日には上毛郡安雲に入った。篠崎公とよばれるだけに、居邸は小倉篠崎にあり領地は上毛郡にあったわけで、このとき初めてお国入りといった形であった。安雲村字本屋敷にある光林寺を館とした。三日領内の人民に酒を賜うとか、宝福寺に参詣したとか、領内を一巡したなどの、まずは平穏な日記が残っている。幕末激動の中に、領地にあって初めて殿さまらしい、一万石の気分を味ったのであろう。石高は一万石であったが、領内二十六ヶ村は地味肥沃な上田ばかりで、実高は二万石ともいわれ、領民も比較的豊かなくらしであったという。

この間、貞正は大工棟梁、水野棟三郎らの手により、千塚原の地を卜して築城をはじめた。千塚原は塔田、野田、今市の三ヶ村に属した古い塚石などの多い原野であった。ここに城を築き、千塚を千束と改め、城名を『旭城』と命名、千束を旭町と名づけたが、また廃藩の後、千束村と改められた。当時、同地黒土村の大庄屋高橋庄蔵宅を仮住としていた真方（筆者註・小笠原貞正の息子）は、明治三年十月二十六日、新宮の『旭城』の居館に移った。（後略）」

ということになると、島田節平の生れた天保元年が西暦一八三〇年、明治三年が一八七〇年であるから、この時点で節平は四十歳ということになる。水野棟三郎を助けて、千束藩廳の落成に貢献した功績により、藩主小笠原貞正から帯刀を許された。一方、水野棟三郎も士分にとりたてられ、苗字帯刀を許されている。その苗字、つまり、殿様から拝領した名前が「藤原義正」であった。しかし、この名誉も明治維新を迎えると共に四民平等の世の中が来てそれほどの権威ではなくなったが、明治大正の頃は士族の家柄ということがまだまだ幅をきかしていた。碩之助は根っからの政治家であり、経済学を修めた現実家であった。士分という家柄の効果を充分に計算してのことであった。両親の墓というよりも「頌徳碑」と云ってよいものを建てて、村民へのアッピールをしたのであろう。

さて、家門のことはこれくらいにして、話は義文少年の身の上に戻ることにする。

ここに「黒土小学校創立百年記念誌」なるものがある。この小冊子によると、義文は明治四十四年三月卒業とある。ところが中津中学の入学は大正元年、つまり、明治四十五年。ここに一年間のブランクがある。このブランクは何を語るのであろうか。

義文少年が病弱であったことは、すでに前章において述べた。島田家の新墓の墓誌によると、明治三十年八月二十日に長女ミチ没、四十四年十二月十四日四男精一没、一一歳。大正五年七月二十九日、二女、満寿子没、十六歳。大正五年十二月二十八日、四女みよ子没、二歳。長女のミチは乳児であったから別としても、大正元年を前後して三人の姉弟が死亡している。この時、碩之助は四十歳の男盛りで、妻ユクが三十七歳。夫婦にとっては、かなり悲痛なことであったにちがいない。その上に、長男義文の病弱を考え合せると、島田家のこの頃の空気まで察して余りある。

この一年間のブランクを義文少年がどうすごしたかは不明だが、病弱の身をはげましながら雑誌「日本少年」や「少年倶楽部」を愛読し、中でもとりわけ詩人・有本芳水に心酔していった。

以下は、前章でも紹介した「白楊讃歌——中中・南高物語」のプロローグからの引用である。

「中津中学校の創立は、明治二十六年九月。『中津尋常中学校』（私立）が当初の名称である。翌年には大分尋常中学校（現上野丘高校）の分校となり、明治三十年に県立中津尋常中学校として独立、さらに同三十三年、県立中津中学校と改称。いわゆる〝中中《ちゅうちゅう》〟である。（中略）

中津中学が創立された当時は、県北ではただ一校の中等学校であった。このため地元下毛郡はもちろん、日田、玖珠、宇佐、国東半島、福岡県築上郡など、広範な地域から子弟が集まった。えりすぐられて入学してくるだけに、いずれ劣らぬ英才であり、豪傑であった。廃藩置県、断髪令、学制発布、国会開設と、急速な近代国家づくりが進む中で、生徒たちは青雲の志に燃えた。」

この「白楊讃歌」の「白楊」とは、創立当初から校庭にあって、歴代の教師や生徒たちにはぐくまれてきたポプラにちなんでのことである。

「町村制施行で、中津町が発足したのは明治二十二年。中津尋常中学校開設の四年前である。当時の記録では、二千九百八十一世帯、人口一万五千二百七十二人の町であった。（中略）明治二十一年の大分は二千九百十二世帯、一万五千五百十二人。また、小倉は二千二百六十世帯、一万四千八百人と記録されている。つまり、そのころの中津は、大分、小倉と肩を並べる町であった。」

郷土史家の嶋通夫の研究によると、幕末から大正にかけての中津は、九州北部から東部にかけて広大な商圏を持ち、小倉、直方《のうがた》、行橋、日田、杵築《きつき》、大分に支店を出す豪商が多かった。特に、繊維関係では西の博多か、東の中津かといわれるほどの繁栄を見せていた。この繁栄の背景には、次のような恵まれた環境と歴史事情があった。

「幕末から明治維新にかけての、中津城下のおびただしい寺子屋は、住民の学問への熱意を表すものである。そして、読み書きに明るい中津人は、城下町を基盤に力を蓄え、明治維新を機に、そのエネルギーを発揮したわけだ。教育が商工業を繁栄させ、その経済力が中等教育の府・尋常中学校の創立を助けた中津町。南に耶馬渓連峰を望み、背後に洋々たる周防灘を控え、山国川《やまぐに》の清流にはぐくまれて、教育環境は抜群。そこに培われた住民の英傑意識と経済力が、やがて、〝中中〟を生むのである」

と、「白楊讃歌」の第二回はしめくくられている。中津市教育委員会発行の『中津の歴史』によれば、義文少年が入学した頃、つまり、大正初期の中津は「人口ニ於テ一万五千余、戸数ニシテ二千五百余、其ノ大部分ハ商工業者ヲ充タス。其ノ商工業ノ盛大ナルハ、県下第一ヲ以テ目セラル」と記録されている。中津の最盛期は、明治末から大正初期と云えるのではないか。中津紡績株式会社の設立に豊中製糸会社の発展。やがて、中津紡績は鐘紡と合併拡大し、さらに富士紡が新たに進出してくるという盛況下にあり、その勢いに乗じるかのごとく豊州鉄道と耶馬渓鉄道が相次いで開通した。経済に明るかった碩之助が息子のために中津中学への進学を勧めた理由がここにある（当時豊津郡に他には他に豊津中学しかなかった）。

福沢諭吉の「独立自尊」を下敷にした中津中学の校訓は「質実剛健、自発進取」であった。中津中学はあまたの人材を全国のさまざまな分野に送り込んできたが、義文が学んだ第十九回期生は、特に多士済々であった。菊池安右衛門（井筒屋取締役）、下村信貞（満洲国外交部次長）、水野薫（豊前市長）、山本武（昭和信用金庫会長）、大悟法《だいごほう》利雄（歌人）、菊池盛登（宮内庁長官）、深尾新吉（中津市長）、帆足図南次（早大教授）、植田房雄（東洋大教授）、和才《わさい》文雄（日仏銀行）、友岡久雄（法政大教授）、膳所《ぜぜ》正俊（医学博士）、紅楳《こうばい》英男（宗教家）といった人々を輩出している。大学進学別に調べてみると、東京帝大に四名、京大一名、早大七名、東北大二名、慶大三名、東工大二名、東京商大二名、東京高師二名、明治専門学校二名、日大一名、大分師範二名、大阪薬専二名といった具合で、すごい進学状況である。十九回期になぜかくも大物が集中したのであろうか。

当時の入学定員は百人であったが、この大正元年は四百三十人が殺到したという。つまり、四・三倍の競争率になった。しかも受験生は、福岡県も含む広大な地区から選び抜かれてきた英才ばかり。入試の難関突破には大変な苦労をしたという話である。

同窓生名簿を頼りに訪ねて行った安江貞幹（豊前市千束町在住）は、私に次のような回顧談を聞かせてくれた。

「あの年に千束から入学したのは、下村信貞君と私の二人でした。毎日、二人で朝の六時に家を出て、中津まで二里の道を歩いて通学しました。二宮金次郎のように通学の往復に本を読んだり、英単語を暗記したりしました。とにかく、あの頃の中学生は勉強ばかりしていましたよ。冬になると暗いうちに家を出て、暗くなってから家に帰り着きました。二人で中津に向かって歩いていると、やがて黒土村の島田義文君、いとこの島田正己君、水野薫君、高橋睦雄君らと合流する。大ノ瀬橋を渡り、中村から田圃の中道を通って、広津に出る。そこから旧国道橋を渡って右手に折れ、金谷《かなや》の武家屋敷を抜けて学校に到るのです。始業時間におくれるような日は、山国川の浅瀬をざぶざぶ渡ったりしましたが、その頃の山国川には大きな鯉や鮒がたくさん泳いでいたのが今も目に浮ぶようです。またある日は禁止令の出ていた日豊線の鉄橋を渡って行ったりしましたが、これには水野薫君の武勇談があります。」

この話は同窓仲間でかなり有名になったらしく「白楊讃歌」の中にも、次のように取材されている。

「十九回生は八十五人。このうち二十一人が福岡県築上郡一帯の出身者だった。〈県外〉という壁を乗り越えて入学しただけに、いずれ劣らぬ秀才であった。中でも、島田芳文、下村信貞とともに〈豊前の三傑〉といわれたのが水野薫だった。水野は、豊前市黒土の出身。家は島田芳文の生家のすぐ近くで、島田とは小学校時代から勉強を競い合った仲。中中にも一緒に通った。島田が文学少年だったのに対し、水野は豪傑型だったらしい。

当時、築上郡から中中に通う生徒は、山国川の鉄橋を渡ることが多かった。下流の山国橋（旧国道）を渡るよりは、かなり近道だったからだ。が、何しろ長さが二百米以上もあるため、渡る途中で汽車が来ると、アウトになる。水野がそれをやった。

ある朝、登校時間に遅れそうなため、鉄橋を渡り始めたのだが、中ほどまで渡ったところで汽車がやって来た。よけ場はないし、走ることも出来ない。手段に窮した水野は、大手を広げ、汽車に向かって立ちはだかった。機関士があわてて急ブレーキをかけ、水野はアウト寸前を助かった。学校からは大目玉をくったが、生徒たちからは『大手をひろげて汽車を止めたのは水野だけだ』と、英雄視されたという。」

安江の話だと、この水野、島田義文、安江が同じくらいの背丈で、五尺一寸ぐらいだったそうである。水野は背丈は小さいが胆力があったのであろう。義文少年の像は少しイメージがちがっていた。島田芳文の生涯を通じての友達は歌人の大悟法利雄である。彼は中津市大字大悟法にあった旧家の出身。彼は九十八人中の九十一番で入学したが、卒業時は十七番にまでなったという努力家。その大悟法利雄から、私は次のような手記をいただいた。

「落第生の二人を加へて、新一年の百人は二組に分けられたが、島田はずっと私と同じ組でした。そして、私は小がらで身長順の教室では最前列に近かった。島田も小がらの方で、その机はいつも私のすぐ後あたりでした。私の家が没落して、初めから上の学校に進むつもりがなかったので、学校では実に不勉強で、のんきに構へていました。頭はわるい方ではなく、いつも心の中では優等生たちをバカにしてゐました。それでも、国漢文や作文は得意でした。島田はあまり目立たない、どちらかといへば非社交的な生徒で、成績も特に優秀ではなかったけれど、国漢文作文などはすぐれてゐて、文学的方面では島田と私の二人が級友たちから一目おかれてゐた。

こんな記憶があります。三年生の時のことですが、その頃、中津中学では普通の運動会のほかに、学年別対抗の野球試合が行はれてゐた。その日は各学年で応援歌などを作って、盛んな応援合戦をやったものです。その時に私は応援歌を三つ作りました。恰度、第一次世界大戦の日独戦争があって、日本が青島《チンタオ》を攻略したあとで、一つは次のやうなものだった。

一、すめらみ国のみいくさが
　山東省の一角に
　平和の敵をこらし得《ママ》て
　威は海外に振ふとき
　そのみいくさにさも似たる
　わが三年の野球団
　ひとたび起てば草も木も
　威風の前になびくなり（以下略）

これを当時流行していた軍歌の曲でうたはせたのです。他の二つは『モシモシカメヨカメサンヨ……』と『カチカチヤマ』の曲をつけて歌ふもので、体は小さいけれど声の大きいことで有名だった私は、その音頭をとって応援団長を勤めたものです。

その時に、島田がやはりそんな応援歌を二つ作った。つまり、われわれの学年は五つの応援歌で他を圧倒したものでした。体は小さいが走るのが早かった私は、後には学校代表のマラソン選手として県の大会にも出たりしましたが、一方では講談部の役員として、学芸会で活躍したりしました。後年、早稲田大学の弁論部で大活躍した島田は、中学時代には実におとなしかった。級友としても、文学仲間としても、私が一番親しくした方ではなかったかといふ気がします。

私と彼とは、まるで違った方角から学校に通ってゐたために、お互いに家を訪ねたりすることがなかった。学校の休み時間に話しあふ位だったから、一緒に回覧雑誌を出す機会もありませんでした。

（以下略）」

この頃のことに触れて、前記の安江は次のような回想をしている。

「中津中学では、職員室の前の廊下に試験の順位が貼り出されていましたが、豊前の面々はいつも先頭の方なので、私は誇りに思っていました。その中でも、特に下村君と水野君はいつもすばらしい成績でした。」

「白楊讃歌」の筆者によると、この学年で首席を争っていたのは、下村信貞と友岡久雄だったという。朋友たちの期待通りに、当時の最高学府である東京帝国大学の門をくぐったのは、友岡、下村、水野、それに菊池盛登の四人であった。安江は、一緒に毎日通学した下村信貞を一番ほめたたえたが、下村は後年「満洲の星」と仰がれるほどの人物になった。下村の実弟であり、下村と同じく中津中学から東大コースを歩いた俳人の下村利雄は、兄信貞について次のような回想記を残している。

「学校での学科は、唱歌以外は何でもすぐれてよく出来た。中でも作文が得意であった。（中略）或る夏、兄は全九州を一人で徒歩旅行すると云って出かけたが、三日目に漂然と戻って来た。さすがの兄もひとり旅にいや気がさしたのであろう。旅の間に作った詩を私に読んで聞かせたが、今はその記憶もない。ただ、その中に『鴉の濡れ羽色』という言葉があったように覚え、今も不思議に思っている。よくしゃべり、弁舌さわやかであった明るい兄が、中学四年の終り頃から急に無口になって、中学へは私とも離ればなれに通う様になった。夜遅くまで勉強していたが、人生問題に頭を悩ます時機に入った模様であった。賀川豊彦の文章や青年作家島田清次郎の小説等を、私にも読めと貸してくれた。」

青春の門をくぐった下村信貞を把えて、秀れた文章である。この下村信貞と島田芳文の交友は、東京の学生時代は勿論であるが、後年、下村が満洲国高官として日本の全権を担ってソ連側と渉り合っている時、芳文は雑誌社の仕事を兼て訪ねてゆくに至る。冬のソ満国境に遊んだ印象を、昭和十六年、芳文は「雪の満洲里《マンチュリー》」と題して詩に綴った。

余談が過ぎたが、こうして義文少年もようやく青春の門をくぐる時が来た。大正四年の春、東京ではツルゲーネフ原作の「その前夜」が劇化されて、帝劇や芸術座で上演されていた。この劇中歌として吉井勇が作詩し中山晋平の作曲に成る「ゴンドラの唄」が全国的な流行となり、中津でも帰省してくる大学生たちによって拡がり、中津中学の生徒たちもよく「いのち短し恋せよ乙女」と口ずさんだ。これは大正デモクラシーと呼ばれる時代の開幕を告げる、まさに象徴的な歌声であった。

第四章　中津新派歌人群像

日本詩人連盟から昭和四十六年六月に発刊された『詩謡シリーズ第十一集・丘を越えて』の「あとがき」に、島田自身が次のように書いている。

「少年時代『日本少年』主筆の有本芳水の詩集を手にしたのは、大正の初めであった。これが病みつきで少年詩から出発して、ざっと六十年になる。『文章倶楽部』『中央文学』『秀才文壇』『創作』『自由文壇』などに短歌、俳句、自由詩、小説等を投書した中学時代も今は懐しい思い出である。」

また、大正十年（一九二一）の五月に執筆したという前掲の自伝風小説「煙」の中に次のような一節がある。

「十四の時からN町の新聞に堂々と評論や創作を書いて、彼は人々の驚異と属目の焦点となっていった。中学の五年間は仮面を冠って優等生で通したが、もう我慢が出来なくなっていた。仙一の父は高校の法科を勧めたが、耳にも入れずして旅にふらりと出てしまった。『どこかの官立の学校へ受験させてはどうですか、きっと出来ますから……』と、狡猾な校長も度々父の元へ手紙で勧めてきた。上級の官立学校へ一人でも多く入学できたら、進学のパーセントがよくなると言ふ野心――恰も、それを学校の名誉と校長は思っていたのであった。

『秀才も奇人とあまり遠くかけ離れてはいないんです』

仙一は文芸部の部長をしていたので、国漢のA先生だけはこう言って笑った。（後略）」

N町が「中津」であることはいいとして、その他の記述はこれが「創作集」というだけに、どれだけ島田自身の身の上を表しているか裏付がない。そこで大正初期に中津で発行されていた新聞から調べてみることにした。「二豊新聞」と「中津新聞」があったという事を知ったのは、割合いに早い時期であったが、その現物がどこかに保管されていないかと、方々に手を延ばしてみた。二紙とも大正の中期まで発行されていたが、その後、現大分合同新聞に吸収合併された。早速、大分市の本社に問合せの電話を入れてみたが、資料室には昭和初期からのものしか現存しないという。「大分県立図書館」に行ってみたらどうかと教えてくれる人もあって、問い合せたが無いという返事だった。県立図書館の係の厚意で、中津在住の郷土史家・今永正樹を紹介していただいたが、ここにもなかった。そうこうしているうちに、或る知人から「二豊の文化」という小冊子（昭和六十年三月号）の贈呈を受けた。全く別の件でいただいたものの中に、意外な資料が掲載されていた。それは「大分県歌壇のロマンス」というタイトルで書かれた次のような無記名の一章であった。

「明治末年、中津にあった二豊新聞には合羅哀愁《ごうらあいしゅう》が居り、中津新聞には秋満湘川《あきみつしょうせん》が居て、共に新派和歌運動を展開したが、石川啄木に心酔して共に啄木調の歌を詠んだ。哀愁は下毛郡上津村の生れであるが、大正元年、二豊新聞に歌壇を設けて指導した。この投稿者たちで白楊社（別名ポプラ社）を組織したが、松田晩夏はこの白楊社の会員で、哀愁から指導を受けた一人である。この仲間には後に北豊歌壇で活躍した川原田重治、植山鳴葩《めいは》、如水爛鳥《じょすいらんちょう》、井上信牛《しんぎゅう》、谷隆史《たかし》などがいた。」

この章には「松田晩夏と尾家紅花《おいえこうか》」というサブタイトルが付けられている。短歌を通じて熱烈な恋愛をし、二人はついに結婚するのであるが、二十一歳の若さで尾家紅花が夭折したというドラマチックなもので、大正初期の中津歌壇の空気を彷彿させる。私は早速、東京の大悟法利雄に電話を入れた。勿論、大悟法はこの二人のこともよく御存知であったが、それよりも秋満湘川の子息が私の年来の知人である「創作」誌系の歌人・秋満良紀《よしのり》であると教えてくれた。意外なところから私はタイムトンネルをくぐることができたのである。

「県下における和歌革新の集団的な活動は、北豊の新聞記者歌人によって初めて展開された。大分新聞や豊州新報は発行されていたが、両紙は政党の機関紙として創刊されたため文芸には紙面を提供しなかった。中津の新聞は多くの文芸記事を掲載した。当時の新聞記者は、単なるニュースマンではなく、知識人であり、世論の指導者であって、中央歌壇の動向をいち早く把握することができて、それが和歌革新運動の原動力となったものである。

中津にあった二豊新聞の合羅哀愁、中津新聞の秋満湘川の二人が口火を切った。彼等は明治末年頃から新聞紙上で、単に言葉の遊びに終って写実性の乏しい旧派和歌を排撃するとともに、盛んに新派和歌を発表した。啄木の『悲しき玩具』が刊行されて若い人々に深い感動を与えたのはその死後であったが、二人は啄木調の歌を詠んだ。合羅哀愁は下毛郡上津村（現本耶馬渓町）の生まれで、長じて短歌に親しみ、明治末年二豊新聞に入社したが、大正元年に歌壇を設けて自らが選歌に当るとともに指導を行なった。この歌壇の投稿者で白楊社（別名ポプラ社）を組織して熱烈な和歌革新運動を行なったため、多くの有為な歌人を育成した。（中略）

二豊新聞は間もなく廃刊して、哀愁は大分新聞や豊州新報に入社したが、二紙には文芸欄はなく、余白の埋め草として旧派和歌や俳句、俚謡、川柳などを時々掲載する程度で、彼の短歌活動の機会はなく、いつしか歌から離れた。大正十一年に上京して、時事新報に入社したが、病いを得て翌年帰郷し、療養生活に入ったが、再び起てなかった。（後略）」

この文章は山住久の労作『大分県歌壇誌』からの引用であるが、「二豊の文化」誌の無記名氏は、この山住の文章を借用したものと思われる。

さて、この合羅哀愁と島田義文のつながりである。後年、島田が早稲田大学在学中から「時事新報」に出入りして、現今でいうアルバイトをしていた。その時期が合羅の上京期間に合致するところを見ると、合羅を時事新報に紹介したのは島田の周辺に居た人物であったと推察する。

ただ、島田にせよ、大悟法利雄にせよ、中津中学時代の短歌作品を読んでみると、合羅哀愁の啄木調の影響が大であったことがよく分る。以下は、「中津中学校校友会雑誌」第参拾参号からの抜粋である。

五月雨に水嵩まして里の川わたる人なし橋のなければ
朝ぼらけ御堂をめぐる古池に清げに咲ける白き蓮花

友を呼べば櫓の音のみのいらへして浪ほの白し夕暮の海　秀静

川淀の緑の草をむしろにて歌ひし我のなつかしきかな　乙若

夕立にぬれにし森の木の間よりもるるも涼し夏の夜の月　島田秀水

「秀静」は島田義文の雅号、「乙若」は誰あらん大悟法利雄である。問題は「秀水」であるが、これは多分いとこの島田正己のことであろう。創作「煙」の中では自分が文芸部長をしていたと記述しているが、文芸部長ではなく「雑誌部長」は赤松教諭となっている。義文は理事で、理事長は島田正己と書いてある。下村信貞も理事。大悟法利雄は「講演部」の理事であり、理事長は友岡久雄である。五年一組は島田義文と大悟法利雄の居た組だが、組長は渡辺久吉（東京高師に入学）副組長は木村大丈（中央大）というメンバーである。後年名を馳せた芳文は、決してトップクラスではなかった。

秋満良紀の紹介で中津市大字福島の如水爛鳥を訪ねて行ったのは、四月中旬の空が突き抜けるように晴れた日であった。周囲を田圃や森にかこまれた村には鯉のぼりが色あざやかに泳いでいた。爛鳥は本名を如水新次という。明治二十八年生れだが、耳が少し遠いだけで、眼鏡なしで活字を読むし、私の質問したことに対し、記憶が実に明晰であるのには驚いた。如水は中津中学に明治四十年に入学して、四十五年に卒業している。島田は大正元年の入学だから入れちがいになっている。中学時代の島田芳文の記憶がないと云われるのも無理はない。大悟法とは生家が近くだったこともあって、親しく交友したという。離れの自分の部屋の床の間に「ぬばたまの宿のふかみにともしつけひそまりをりて身のことをおもふ」という掛軸が掛けられてあった。どうやら掛けっぱなしの様子で、かなり変色していた。若山牧水の自筆だという。大正の中頃、拾円も出して買ったそうで、当時は米一俵が五円ぐらいだったと話してくれた。牧水の旅費と酒代に貢いだ一人だったのであろうか。そう云えば如水の家は父の代から酒造家で、以前は「三保鶴酒造」といった。今は子息の代になって「西の誉銘醸株式会社」。氏はすでに現役を退いているが、永年の酒造業界への尽力が買われて、藍綬褒章を受賞したそうである。中学校卒業後、大分師範に入り、教員生活を十五年間したところで父の死に遇って家業を継ぐことになったという。そのあたりから文学志望を捨ててしまったと無念そうに話してくれた。

如水は中津中学在学中から「文章世界」に投稿して、相馬御風《ぎょふう》の選を受けたらしい。ほとんどが論文で「肯定力の強度」とか「悲痛の熱愛」とか「拝んでもよいか」といった題で書いたものが入選して得意だった。短歌を始めたのは師範を卒業して後のことだったという。秋満湘川とは犬丸小学校時代からの同級生であった。大悟法利雄は最初、その秋満湘川の弟子だったらしい。当時の新派歌人たちは二十代、三十代が主流で、学生や教職者が多く、特に「中中」卒業生が大半だったようである。大正三年六月に松田晩夏によって創刊された「渓流」のおもな同人は、保田糸風《しふう》、尾家紅花、糸永紫《し》笛《てき》、井上信牛、清水楓葉《ふうよう》、谷隆史、酒井秋刀魚《しゅうとう》、渡辺桃村《とうそん》、如水爛鳥、植山鳴葩、渋谷常葉《じょうよう》などで、松田晩夏が中央の歌誌に所属したことから、西村陽吉、安田青風《せいふう》らも特別社友として寄稿してきたという。島田や大悟法たち、文学志望の若者たちにとって、この人々の世界はひときわまぶしく眼に映ったにちがいない。土岐哀果《あいか》や白樺派の影響も多分に受けている。正岡子規や与謝野鉄幹の書を読み、国木田独歩やトルストイ、ドストエフスキー、ツルゲーネフの訳本を読んで「生きるという問題」について真剣に熱烈に討論をしていた。特に、自然主義の影響が大きかった時代で、独歩や徳富蘆花が話題になったそうである。ここに島田芳文や大悟法利雄らを育てた若々しい文学風土が存在した。まだ嘴《くちばし》の黄色い雛鳥たちは、このような先輩たちの気息を浴びながら、「中中」の校庭のクローバーの中で思い切り羽根をのばし、次のような歌声をあげていた。

海士のをのこ　　　五の一　島田秀静

（一）
荒磯の波に浴みして
　いぶせき芦の苫屋にて
育てるをのこ健かに
　いとも楽しく暮すなり
生れて自然の大海に
　触れて心は爽かに
清き大気を胸に吸ひ
　吸ひて躯は健かに（中略）

（二）

暮るれば芦岸に船を止め
　明くれば八重の沖に出で
海の幸をばあれかしと
　稼ぐみ親の身の上を。
知るや知らずや海士の子は
　いとも無邪気に戯れて
藻草をあさり砂を掻き
　幼き貝を拾ふなり（中略）
磯に生れし海士の子の
　都の習ひに染まざれど
胸には赤き一條の
　真の心の尊しさ。
海の女神よ風の霊
　真如の心を汲みとりて
子等のみ親を安らかに
　海士のをのこを安らかに。

これには「新体詩」という枠をつけている。この頃は自由詩といわず「新体詩」といっていた。同じく五年一組の大悟法利雄が「平家の末路」と題して、次のような作品を発表している。

木の下かげに行暮れて
　しばし仮寝の花の宿
弓矢忘れし春の夢
　人こそ知らぬ賀茂の水
わたりて響く鐘の音に
　諸行無常のひびきあり（以下略）

読者諸氏もすでにお気付きと思うが、島田のものは文部省唱歌「われは海の子」の亜流であり、大悟法のものは「平家物語」が下敷にされている。しかし、若い日々の物真似はそれ自体が学習である。雛鳥たちが大海原に翔びたつ前のウォーミングアップのようなものである。そう思って読み返してみると結構楽しい作品で、大悟法などはこの調子で延々と三頁九十五行にも及ぶ長詩を発表している。
次に秀静先生こと島田義文の俳句作品を二首。
茜さす船の底焼く夕日かな
富士形に俵を積みし波止場かな
校友会雑誌にはこのほか雑多な記事が載せられているが、この大正初期の時代の空気を反映するものとして「校務日誌」を書き抜いてみたい。日付は大正五年である。

「二月十四日、第一限より雪中行軍を行う。国道筋を経て大貞に至り、金手に廻り、正午に帰校せり。

三月四日、柳少将来校、一場の講話あり。

三月十日、陸軍記念日につき、午後一時より当連隊副官佐保大尉の欧州戦乱に関する講演ありたり。

三月十六日、卒業式挙行。

五月九日、築上郡松江方面に全学年一日行軍をなす。

五月二十日、当地三所神社祭典につき、武道試合のため選手約五十名出演せり。

五月二十六日、大分武徳会支部へ選手を派遣す。

六月十六日、午後一時より武道部小会を開く。」

といった具合に、軍部に関することが多く眼につく。日露戦争も実質的な勝利とは云えないまま、第一次世界大戦の暗雲を気にする軍部は国内での世論づくりに腐心していた。自由主義や人道主義を基調とする大正デモクラシーの潮流をにがにがしく思っていた軍部は、一方で国体観を教育の現場に浸透させるべく画策していたのである。大正二年に総理大臣の諮問機関として教育調査会を設置し、大正六年には臨時教育会議を設けて、この会の答申を受け、中学教育の現場を国粋主義化し軍国化して行った。その例証として、大正二年には中学校で「教練」が正課となり、大正六年には「兵式教練」を必須化する方針をとり、ついに大正十四年には陸軍の現役将校を各中学に配属してしまった。

如水も感慨深げに当時の風潮を次のように語ってくれた。

「当時の中津中学では進学志望の第一が陸海軍の士官学校でした。第二が教職志望、第三が医学校への進学という具合で、急速に軍人が台頭して来ました。『ぼくは軍人大好きよ』と唄にもうたわれたように、成績のいい生徒ほど陸軍大将や元帥をめざして飛びたっていきました。私は家を継がねばならなかったので断念しましたが……」

当時の中学生の脳裡を支配していた空気が私にも分るような気がする。また、『大分県教育百年史』には次のような記述がある。

中津中学は創立以来入学志願者は、常に県下のトップであった。しかし、いくら定員を割っても合格点に満たない者は入学を許可しなかった。大正期に入ってもこの傾向はつづき、「中中」をとりまく地域社会の空気も「中中」の生徒を敬愛する心情に溢れていたという。紺色の小倉織の制服に金色桜花の五つボタン。襟の高さは一寸三分、襟章は白線二本。制帽は円型で黒に二本の白線入り、正面の旭日型内に「中」の字を入れた真鍮製の校章を光らせていた。それでいて校風は「蛮カラ」であった。「学校は社会に貢献できる人間育成の水源であり、また卒業した社会人にとっては心の古里」と、『中津中学校史』の編者は迷いなく書きつけている。やはり、良き時代の良き学生像を物語る一節と云えるのではないだろうか。

最後に生徒側の「ストライキ」の話をつけ加えておきたい。その頃は、生徒のストライキを称して「同盟休校」といった。「白楊讃歌」の中で二十一回生の中原操が次のように語っている。

「大正三年、入学して半年後の十月。突然のことにて川上大記校長（六代目）が退職させられた。この退職は時の知事から〝クビ〟にされたものであった。原因は川上と知事の党派支持の違いにあった。当時の国内政争がその背景にあったのだ。一年生は家に帰るように言われ、二年生以上全員が血判をして、ストライキ宣言文を張り出し、山国川対岸にある天仲寺山（吉富町）にたて籠った。ここは幕末の剣豪島田虎之助が修業した場所である。事態を憂慮した同窓会が収拾に乗り出し、生徒代表と共に県庁に行き、川上校長の件を話し合ったが、結局はもの分れとなり、三日間でこのストライキは終った。」

この時、島田義文は三年生であったから、天仲寺山にたて籠った筈である。しかし、島田はこのことについては全く書いていない。一方、第一創作集『愛光』の中に散見され、共通の要素として書いてあるものに「療養生活」がある。

大正八年十月五日作と日付のある『愛光』所収の作品「百舌鳥《もず》の啼く家」の中に、次のような一節がある。

「英一が叔父の田端の家に一緒に住むようになったのは、暑さの去りきらない九月の初めであった。彼が昨年の三月初めて上京し、三ヶ月の苦しい受験勉強も功をなして、憧憬れていた三高へパスすることが出来た。而も彼の父は法科を強ひたが、彼は思い通りに第二志望で文科へ入ることが出来た。然しその年の暮には化濃性の肋膜炎に罹って、長い間生死の境をさ迷うことになった。」

もうひとつ、大正十年七月二十五日の作としてある「逝く秋の病室」には、

「市中祇園祭でざわめいている時、秀夫は山紫水明の旧都を背景とした三高へ押し寄せてきた百千の同志と共に、受験裡に中原の鹿を追ったのであった。最終日の国漢と言う極めて容易な、而も彼の得意とする科目の受験を前にして、彼は遂に病床に伏する身となってしまった。過度の鞭撻が不睡症をまねき、腸を壊させ、黒谷の仮寓から郊外白川畔のK病院に入った。」

と記述してある。前者は三高に合格後、後者は三高に失敗とあるのがちがっているだけで、病気になってしまった所は同じである。この小説は自伝ではないが、「英二」という主人公と同じ音《おん》の名前を後に長男（暎二）につけているところをみると、この「百舌鳥の啼く家」には島田自身の姿が色濃く投影されているように思う。芳文の生家には昔、榎の喬木があって、その天辺でよく百舌鳥が鳴いていたという。

だがもうひとつの謎は、大正六年三月に「中中」を卒業した島田が早稲田大学に入学したのは大正八年の春だということである。ここに、また二年のブランクがある。「煙」の中の一節、この章のはじめの方に引用した記述も合せて、二十歳を迎えた義文青年に何が起ったのであろうか。

第五章　早稲田の森に

「久雄が悩ましい試験と言ふしがらみから遁れて、ほっとした気分になってから三日目であった。只一人、書物と原稿用紙との詰ったバスケットと、二、三枚の着更や文房具の這入ったトランクとを提げて、まだ見ぬ土地や人を想像しながら、両国のステーションから車上の人となったのであった。小さな箱客車に思ふ存分揺られて、やっとK駅に着いたのはまだ夏の朝のすがすがしい気分の漂ふてゐる頃であった。彼は学友S君の紹介で、この休暇の二ヶ月余りをT村の彼の伯父の家に厄介になることになってゐた。（後略）」

これは大正八年（一九一九）六月二十二日作としてある自伝風の小説で『愛光』に収められた「小康地」の一節である。「このK村と言ふのは房州勝山から半道ほど岬の鼻に片寄った小さな淋しい漁村」という設定になっている。また、この作品の中には、「上野の桜があとかたもなく散って、青絹のやうな柔い若葉で蔽はれてゆく頃、弥生ヶ岡の病院へ這入る一ヶ月程前、谷中の下宿の三階で、暮れゆく空に静かな淋しい旋律を漂はせては消えてゆく寛永寺の鐘の音を聞きながら、果敢ない春愁に襲はれた久雄は、……」といった描写があることから推して、島田義文は大正八年の春には上京していたと思われる。

「英一は新にW大学の文科を父に請ふた。矢張り許してはくれなかった。政治科ならと言ふので漸く父の承諾を得て、九月上旬再び上京する身となった。捲土重来とまでの意気込みはなかったが、自由な学術の探究に何処までも喰ひ込んで行かうとする大きな抱負を以って郷関を出たのであった。

英一はわざと暢気に構へて第二回の募集で受験し、十月中旬に入校したのであった。新しい制服を着けて登校し始めてから一ヶ月が過ぎた。学園内の空気が予期に反して懸け離れてゐることに驚いて、早くも不満と倦怠とを感じて来た。無味乾燥な授業には中学で充分に飽きあきしてゐたので、図書館へ這入っている時間の方が多かった。(後略)」

これは前章ですでに引用した「百舌鳥の啼く家」の中の一節。大正八年十月五日作という日付のあるこの作品の記述が、私は一番事実に近いと踏んだ。内面描写の辿り方にもそれが感ぜられる。

熱烈な文科志望であったという島田が、一転して早大の政治学科に入学したについてはさまざまの曲折があってのことにちがいない。大正六年の春に中津中学を卒業して、早大に入学すべく上京する大正八年春までに二年間のブランクがあったことは、前章で触れた。この二年間について詳しく知る人は今はもういないが、どこかの高校を受験して失敗したというのが大方の結論で、その後、病気加療もあったらしい。

父の碩之助がその彼に早大の政治科を強力に勧めたについては、時代の要請もあった。大正中期の日本では文学青年の市民権はなかったのである。ここにひとつの例証がある。以下は、西日本新聞の昭和六十年五月八日付の「福岡県の六十年」（山本厳記）よりの抜粋。

「中学修猷館に入学した年、久作は久しぶりに会った茂丸に将来の目標を聞かれて『文学で立ちたい』と答えた。『（その時の）父の不愉快そうな顔を今でも忘れない』と、久作は茂丸の死後『父杉山茂丸を語る』の中で書いている。その表情に耐えられず、久作が『そんなら美術家に』と言うと、茂丸はますます不愉快な顔をする。仕方なく『そんなら農業を』と言うと、茂丸がたちまちニコニコ顔になったという。国士・茂丸にとって、芸術などというものは亡国の具でしかなかった。（以下略）」

島田の父・碩之助も修猷館に学んだ人物である。そうでなくても豊前勤皇派の血脈を継ぐ碩之助が長男の文学志望を認める筈がなかった。明治生れの厳父たるイメージは、ひとり杉山茂丸のみのことではなかった。男は実業の世界に生きるべきであって、文学のような虚業で軟弱なものに身をやつすべきではないとする発言は、今でも豊前の父たちの間に残存する。まして大正中期の立身出世観の強い時代のことである。「文学をやりたい」などとは狂気の沙汰であった。軍人志望か、財界人になるか、碩之助のように政治家を志すのが、当時の大多数の若者たちの在り方だった。大正三年に始まった第一次世界大戦は、日本の経済界に未曽有の大好況をもたらしていた。中津新聞の秋満湘川も政界に打って出たというし、白楊社に集結した中津新派歌人グループの中で、志を終生捨てなかったのは大悟法利雄と鹿島守（ペンネーム・葉山耕三郎）の二人だけであった。

島田とは中学の同級であり、早大の機械学科（大正八年入学、大正十二年卒）に学んだ井上堯一郎

（中津市上宮永在住）は、その時代の空気を次のように語ってくれた。

「当時、中津に村田正夫という『中中』の先輩がおりまして、彼は早稲田の政経を首席で卒業したほどの人物で、私は彼によく発破をかけられました。勿論、彼の志望は代議士になることでした。あの頃は憲政会と政友会の二大政党が中央でしのぎを削っていた時代で、私の叔父の八並武治が幹事長をしていて、東京の三木武吉らと知友だったりして、周辺は政治色でいっぱいでした。当然、私も政治科志望となるべきところでしたが、私は競争率三倍の政経をやめて競争率十倍の機械科に転じたのです。」

ここにも当時の若者のやむにやまれぬ時代への対応があった。それまで世界資本主義国の支配権を握っていた英国が、第一次大戦のあおりをくらって苦吟し、フランスは戦塵の中でもがき、ドイツもこれに対応して必死に戦っていた。ヨーロッパ主要国の経済活動はまさに頓挫していたのである。そこで漁夫の利を占めることになるのがアメリカと日本であった。連合国への武器の売り込み、その他の諸物資の輸出によって経済が大躍進をした。特に重工業部門の躍進は大きく、この業界における「成金」が一番多く出た訳である。大正六年七月一日付の「九州日報」は、それらの「成金族のぜいたくぶり」をトップ記事に組んでいる程であった。早大の機械科が競争率十倍にはねあがった事由がここにある。井上氏ならずとも、当時の若者の視線がそこに注がれたのであろうことは理解できる。しかし、この時代は陽のあたる場所ばかりではなかった。成金が続出する蔭で、民衆の生活は窮迫し始めていた。これが米騒動の引金になり、工場では労働者の同盟罷業（ストライキ）の大発生を招く。根底にあるのは物価の暴騰であった。大正七年二月、九州では八幡製鉄所を中心にした「大疑獄事件」

が発生し、六百人以上が取調べを受け、百九人が有罪となり、押川製鉄所長官の自殺で幕が下りた。また、米騒動の余波は九州にも及んできて、田川郡添田《そえだ》の峰地《みねぢ》炭鉱ではダイナマイトをもって警官隊と張り合い、ついに小倉の連隊から千二百名の軍隊が出動するといった事態を招いている。

このような世相を背景にして、進学できる若者はまだまだ幸福であった。ましてや、島田のように私立大に行くということは大変な家計の出費であった。井上氏は毎月三十円も送金してもらっていたという。教員の給料が五十円前後の頃の話である。そのうち下宿代に十円払い、あとは学費と小遣いと旅費だったらしいが、東京での暮しは決して楽ではなかった。島田家の余米七百俵を金に換算すると、約八千円になる。千円で家が一軒建ったというから、年収八千円ともなると、かなり豪勢な生活だったはずである。

さて、舞台はいよいよ帝都東京に移る。そこで、大正八年前後の早大の周辺から紹介してゆくことにしたい。

島村抱月と松井須磨子の恋愛事件に端を発して、「文芸協会」が解散したのが大正二年のこと。その後、二人は「芸術座」を創設して、翌年三月、抱月の脚色によってトルストイの「復活」を上演した。これが大喝采を浴びて、実に四四〇回という上演記録を作る。この劇中で相馬御風作詞・中山晋平作曲の「カチューシャの歌」が唄われ、これが一世を風靡した。しかしこれも、大正七年十一月五日の抱月の死、大正八年一月五日の須磨子の自殺によって名実共に幕が下りた。次に書き抜くのは、「早稲田文学」の担い手の一人であった秋田雨雀の日記である。

「大正七年十一月五日
今暁二時七分前、師島村抱月は芸術倶楽部の一室で死んだ。みんなが明治座の舞台から帰ったときはまったく絶命していた。小林氏（須磨子の兄）もまさか死ぬとは思わなかったらしい。じつにひじょうな損失だ。須磨子は泣いてやまない。ぼくは車で早稲田大学に金子、中島二氏を訪い、家に帰って先生の小伝をもって帰った。楠山と坪内博士を訪うた。坪内博士は在来の感情を一掃してくれた。佐々山氏（令弟）もきた。ぼくは新聞係をひきうけた。夜にいり、葬儀式相談万端でき、『死面』、納棺をおえたのは夜一時。帰宅。」（『秋田雨雀日記』より。以下『雨雀日記』）

これを読んだだけで、秋田雨雀の早大における位置が分る。この秋田雨雀に、島田は第一創作集『愛光』の序文を頂くことになるのだが、それは大正十年十一月の話。大正八年一月五日の『雨雀日記』は次のように記されている。

「昨夜、島村先生のマスクの破れた夢をみた。朝、起きてまもなく島村先生の墓地へゆこうとすると、芸術座から電報がきた。『マツイシススグコイ』。ひじょうなショックを感じて、思わず立ちあがった。自殺！という連想がすぐ頭を襲うた。（後略）」

これだけ読めば、秋田雨雀がいかに抱月を敬慕していたか、よく理解できる。そして、雨雀自身が劇作家、小説家、評論家、詩人という多面体を有する当代一流の文化人であった。松井須磨子の死によって始まる大正八年の早稲田の森の周辺は、まさに激動の年となる。

大正七年末の東大新人会につづいて、教授大山郁夫らの指導のもとに「民人同盟」が早大に生れたのが大正八年二月であった。しかし、この「民人同盟」は高津正道《まさみち》、和田巌《いわお》などの思想的対立から内部分裂をおこし、北沢新次郎教授を会長格にした「建設者同盟」と高津らの「暁民会」が新しく結成された。この「建設者同盟」に参加した学生らは、浅沼稲次郎、三宅正一《しょういち》、中村高一、稲村隆一、川俣清音《せいおん》、田所輝明、田原春次《はるつぐ》、竹内五郎、古田大次郎といった人々で、いずれも後年日本の革新政党のリーダーとして大活躍する。これは、大正六年（一九一七）十月のロシア革命が火種であった。大正六年に起きた隣国の革命が、日本の社会主義運動にたずさわる人々に大きな刺激と希望を与えたのである。早大にはこの他、安部磯雄、佐野学といった教授連がいて、まさに革新運動の梁山泊といった感があり、彼らは学内運動のみならず、対外的な集会や運動にも激しく参画してゆく。この時期、早稲田の森は疾風怒濤の気勢があった。一方でこの頃のことを回想して、三宅正一は次のように慨嘆している。

「社会主義なんてものがどんなものか少しもわからず、ただワァーワァーとはねまわっていたようなものだ。三年革命説というのがあって、三年たつと革命が起きて、俺たちの天下になるなんてことを真剣に信じていたような時代だった。あと三年、あと三年といっているうちに半世紀が過ぎてしまった。」（沢木耕太郎著『テロルの決算』より）

島田の父碩之助は、早大の政治科がこんな状態になっているとは全く知らなかったようである。彼は根っからの農本主義者であり、大隈重信を敬愛する一地方政治家に過ぎなかった。息子の義文が「建設者同盟」に入ってメーデーに参加し、足尾銅山の争議の応援までしていると聞いて、がんと一発頭をなぐられた気がしたのではないだろうか。勿論、義文も地方出身のノンポリ学生の一人だったから、最初から浅沼らとつきあった訳ではないようだ。最初は「早稲田大学雄弁会」に入会し、永井柳太郎代議士の名弁論などを聴いていたのだが、建設者同盟の規約で「本同盟本部を東京市街池袋九三〇番地に置く。校内事務所を早稲田大学雄弁会事務所内に置く」ことになり、自然なかたちで建設者同盟の連中と交際するようになった。だが、島田も九州人の血が沸ったのであろう、街頭演説に何回か参加したという。文学好きの軟弱息子とばかり思い込んでいた碩之助のこれは誤算であった。

前掲の『テロルの決算』の中に、次のような浅沼についての一節がある。

「浅沼が早稲田に入りたいと思ったのは、曖昧ではあったが政治家にある種の魅力を感じたからである。中学で弁論部に入り演説の上達をはかろうとしたのも、潜在的にはそのような願望があったからだ。しかし、その時の『政治家』のイメージは、無産運動に専心する者としてのそれではなかった。早稲田に入り、ためらうことなく雄弁会に入った時も、その弁舌を無産者のために役立てようとは思ってもいなかった。だが雄弁会は早稲田の中でも最も政治的に尖鋭な学生が集まる場所だった。弁論大会用の単なる『弁論のための弁論』をするためであっても、社会に対する意識は鋭敏にならざるをえなかった。雄弁会は政治的に覚醒した学生たちの一大牙城になりつつあった。彼らの発する熱気に、浅沼もまた巻き込まれていった。（後略）」

島田のその頃の位置を弁明するつもりはないが、彼は資本論の一冊も読了したことのない学生であったようだ。「弁論」という、青年が一度は耽溺しやすい世界に、その熱情を吐露したにすぎない。しかし、断片的な知識にせよ、この建設者同盟で得た知識と思想は、後年、さまざまな形で首をもちあげてくる。近くは「民衆」誌への参加となり、遠くは農奴解放論となって噴きあげることになる。だがしかし、浅沼と本質的に異なるのは、その「育ち」であった。浅沼の父は「八丈島からの移住者で、笹本重兵衛という下級武士の息子」であった。若い頃、葛飾郡砂村で牧場をしていて、「たった一枚残った着物、それは浅沼家の紋付であったが、その袖を切り落とし筒袖にして作業着とし、それを着て荷車を曳くところから牧場作りを開始した」（前掲『テロルの決算』より）。東京の府立三中を経て早大に入るが、府立三中は久保田万太郎、河合栄治郎、芥川龍之介を輩出した名門校である。豪農の家に育ったノンポリの島田とは経歴がちがっていた。下級士族の怨嗟を本能的に秘めたところがあり、それが浅沼の思想基盤になっていた。

この頃の島田に、前記の井上堯一郎は東京で一度だけ逢っている。それは省線電車の中であったというが、その時、

「建設者同盟の仕事で今行くところだが、刑事が便所にまでついてくるんだ。メーデーに参加したとき、背中にしるしをつけられてね、困ったよ。」

と、いかにも楽しげに語ったという。「無意識に人の温もりを求めて行動する青年期」と沢木耕太郎は評しているが、これは島田にもよくあてはまる。富島健夫流に表現すれば、「早稲田の阿呆たち」の蛮カラで反権力志向の伝統精神と、うまく合体して行った。

建設者同盟の本部を池袋の北沢教授宅の隣に置いたのは、「君たちはてんでんばらばらに生活していては駄目だ。共同生活をして、その考え方をひとつにしなければならない」という北沢教授の忠告に従ったためである。ここに常時六、七人が寝泊りして、深夜二時近くまで読書会などをし、コールやラスキらの思想を原書で研究した。

「武蔵野の面影を残していたその周辺には、広い空地や田畑がいくらでもあった。空地で新人会の東

大生を招いて野球に興じたり、畑からは炊飯用の野菜を無断で持ってきたりしていた。北沢のもとへは畑の主から、再三、抗議が寄せられた。この梁山泊《りょうざんぱく》で、やがて日本の無産運動の闘士となる若者たちは、日夜、酒を呑み、議論し、高唱して飽かなかった。そのすぐ横隣には西條八十が住んでいた。美人の訪問者が絶えず、二階の書斎に二人の影が映ると、西條家に向かって放尿し、『歌を忘れたカナリヤは　野球のバットでぶっ殺せ』などと大声で合唱したりした。（後略）」

これも『テロルの決算』の中の一節であるが、西條家の側の文章もあるので書き抜いておきたい。

「近くにどこかの大学の教授が主宰する建設者同盟という集りがあって、そこからたびたび、『唄を忘れた西條はボールのバットでうちころせ』と、父を弥次り嘲笑する唄声が聞えてきた。たまりかねた父は母に、『あの家に乗りこんでやっつけてやるから二十分程たって帰って来なかったら警察に電話してくれ』と言いおいて出かけた。気負った父のけんまくに出てきたギョロ目の男が『そんなにおいやだったら今後は一切そんなことはさせません』と言ったという。後年、大東亜戦争の予科練の唄を作りに霞ヶ浦へ行った時、出会った映画監督にみおぼえがあるので、考えていると、『僕は渡辺邦男です。建設者同盟でお目にかかったことがあります』といったので、あの時の人だと思い出して笑いあったという。（後略）」

西條八十は早大のフランス文学の教授であったから、同じ大学の教授であった北沢について知らなかった筈はない。これは西條嫩子の『父西條八十』の中の文章だが、それにしても、建設者同盟の側は「歌を忘れたカナリヤ」と言い、西條家の方は「歌を忘れた西條」だったと言う。どこか子供の喧嘩のようなところがあるが、この時、建設者同盟に島田がいたという話は聞いていない。後年、野口雨情《うじょう》や古賀政男を通じて逢うことになる西條八十について、島田がどんな気持を持っていたのか、ちょっと興味があるが今は調べるてだてもない。ただひとつだけ分っていることは、島田が所属していた「民衆」という詩誌について、西條八十は「浅薄な民衆派など全く尻目にかけていた」というから、もともと島田にとって別世界の文学者だったのかも知れない。八十にとっては、マルクスボーイなど一種の社会風俗でしかなかった。

それはさておき、話をひとまず島田義文の身辺に返すことにしたい。碩之助は東京在住者から息子の行状を知らされて、秘かに頭を悩ませていた。断じて社会主義運動に加担してはならないと書面で戒めたが、何の反応もなかった。そこで碩之助のとった処置が次のようなことであった。創作集『愛光』の中の「敬一とK夫人」という小説で、島田は次のように記している。

「敬一がこの目白台の、同郷出身のK博士の家へ、書生といった格好で寄寓することになったのは、まだ庭の百日紅の花が盛りの頃で、隣の屋敷から塀越しに見える無花果もほんの青い枇杷位の太さで、大きな厚い葉のつけ根から恥かしそうに覗いていた。それから二ヶ月は過ぎた。彼は博士の原稿を浄書したり、原稿を急に催促された時は博士の談話を速記させられたりした。

K博士は山の手のある大学に哲学と心理学との講座をもっていた。非常な読書家で、一生学問しに生れて来た人と言ってもよい程で、アルコールにも煙草にも縁がない。趣味と言って別にない人であった。金ぶちの眼鏡から覗かせている瞳は艶も力もなくドンヨリとしている。多年の読書の疲労を直感的に思わせた。物質上の不安もなく、書物の塔の中に身を埋めて、結婚さへも他人事の様に思い、四、五年前、四十の声を聞こうとする頃、親戚の意向で漸く決行した位の真の学者型の人であった。

（後略）」

若い島田の困惑が見えるような文章である。碩之助は、息子を書生というかたちにして、秘かに監視してもらうつもりだったのであろうが、一向に効果はなく、ついに「勘当事件」にまで行き着くことになるのであるが、そのことは次章に譲ることにしたい。

第六章　「愛光」出版

大正三年（一九一四）七月二十八日に勃発した第一次世界大戦が、日本にとっては対独講和条約の調印というかたちで終結を見たのが大正八年七月一日であった。日本国中が戦勝気分に沸きかえったこの年は、文学史の上から見ても興味つきないものがある。

一月に堀口大学の詩集『月光とピヱロ』が出版され、四月には菊池寛が『藤十郎の恋』を発表し、宇野浩二が『蔵の中』を書き、五月には和辻哲郎の名作『古寺巡礼』が世に出ている。六月には加藤一夫の『民衆芸術論』が発表され、西條八十の詩集『砂金』が好評を受けた。また、新人島田清次郎の『地上』が新潮社から出版されて、読書子の耳目を集めた。この頃、同じ新潮社から佐藤春夫の『田園の憂鬱』が出ているのだが、『地上』の反響の蔭であまり光彩がなかった。『地上』の著者島田清次郎は、わが島田芳文より一歳下の明治三十二年生れ。このとき弱冠二十歳であった。時の評論家生田長江《ちょうこう》が「読後、一夜眠れなかった。（中略）自分は今こそ、若きドストエフスキーを最初に見出したベリンスキーと同じ感激にひたっている……」と書いた程で、たちまち大ベストセラーになった。歌謡曲界の大御所といわれた古賀政男も、その自伝『歌はわが友わが心』の中に次のように書いている。

「島田清次郎の長編小説『地上』が評判となり、貧しい環境にあって野心を燃やす天才的な青年主人公の姿に自らをなぞらえ、若い血をたぎらせたりしたものだった。」

この古賀の述懐に代表されるように、当時の青年子女を熱狂させる要素が『地上』にはあったのである。

前章で書いたように、島田はこの年に上京している。勿論、文学志望の島田の耳目に『地上』が入らなかった筈はないのだが、彼は若山牧水の「創作」に次のような短歌を発表していた。

七月号
長閑なる青葉が丘の下蔭にかひば食《は》みゐる馬の見ゆるも
沖つ方淡く黄ろくぼかされて島かげかなし初夏《はつなつ》のひる

八月号
しんみりと陽は燃ゆるなり皐月野《さつきの》のいきれかそけき青草の上に
この朝け裏田の早苗涼しくもかろくそよぎて風招くなり

九月号
霧雨にしとど濡れつつ渓川に沿ふて下れり牛追ふ乙女

静かなる真昼の谿《たに》に一本の赤き山百合見出《みい》でけるかな
　十月号
朝露の葉ずゑに光る桑畑にこほろぎ啼きぬ我が夢に似て
丘の畑玉蜀黍《とうもろこし》のしだれ葉のゆらぐを見れば朝は楽しも
今朝までは瑞々《みずみず》しげに輝きし桑の畑の夕べさみしき
現時点で読むと、何の変哲もない自然詠としか感じないが、二十《はたち》やそこらの、それも地主の子息の作品と思えば上出来であろう。しかし、ここには若き日の牧水短歌の底に流れるデカダンスの調べは毛ほどもない。
山ねむる山のふもとに海ねむるかなしき春の国を旅ゆく
といった絶唱のひびきは、島田のこれらの作品にはない。ただ、この時期に島田が「創作」に席を置いた理由を、大悟法利雄は私への手紙の中で次のように述べている。
「島田が早稲田の先輩といふことで牧水に特に親しみを感じてゐたといふことは勿論あったでしょうが、『創作』に入ったのはそのためばかりではなかっただろうといふ気がします。その頃、牧水はいろいろな新聞社や雑誌社の選歌をやってゐて、その投書家に勧誘の葉書を出してゐました。私は『文章世界』とか、『中央文学』とかいふやうな雑誌に投書してゐた関係から、その勧誘で入門したことを覚えてゐます。島田は私のちょっと後あたりだから、多分さうだらうといふ気がするのです。（後略）」
その島田が「創作」に、十月号でぷっつりと切れたように作品を送っていない。この謎は、第一創作集『愛光』の中に見つけることができた。『愛光』の中には十編の短編小説が集められているのだが、その一番最初に書いた「小康地」という作品には、一九一九年六月二十二日という日付がある。『地上』の初版は六月十日に発売されている。符合するものがあると私は考えた。そして、この「小康地」という小説の舞台が、前章でも触れたように「このK村と言ふのは房州勝山から半道ほど岬の鼻に片寄った小さな淋しい漁村」ということになっている。ここで思い出すのが牧水の出世作となった歌集『別離』の世界である。この詞書に、

「女ありき、われと共に安房の渚に渡りぬ。われ、その傍らにありて夜も昼も断えず歌ふ。明治四十年早春」

と書かれている。大悟法利雄は『若山牧水の秀歌』の中で、このときの牧水について、次のように書いている。

「牧水にとって恋愛といえるのは、その小枝子に対するものがただ一回だと私は思っている。歌人だとか作家だとかいう人は多いが、牧水ほどひたむきな恋愛をして若い生命を燃やし尽くした人は、他にないのではあるまいか。それは疑いもなく『オール・オア・ナッシング』の恋愛である。」

牧水の歌集『別離』の舞台は、房総半島の最南端にある根本海岸だそうである。一方、島田の「小康地」の主人公・久雄は「K村」で病後の養生をしながら、一人の少女にめぐり逢う。

「不図顔を上げた時、彼は出口の赤いポストの傍に、萌黄色のパラソルをついて立っているお下げ髪の十六、七と見ゆる女を見出した。その瞬間、彼はその女は今迄どうして自分の視線内に這入らなかったかを疑った。彼女が少し赫らんだ顔で彼の方を眺めてゐるのを見ると、彼には直覚的に何事かを

遠慮し、ためらってゐるのが解った。そして次の瞬間、彼には彼女が局外者《たにん》でないと察せられた。」

といった具合で、全十編が出会いと別離、そして魂の再生というパターンを踏んだ構成である。メインテーマは「愛」であるが、どちらかというと「別離」にウエイトがおかれている。牧水の『別離』と島田清次郎の『地上』の影響が否めない。特に牧水への憧憬は無理からぬことだが、同じ「早稲田の三水」の中で、北原白秋（初め号を射水といった）も九州出身でありながら、牧水ほどには接近しなかった。これは島田の内質が、より牧水に近かった証左であろうか。

この話はひとまずおいて、さらに大正文学史、社会史を辿ってみることにしたい。

同じ年の十月、北原白秋が童謡集『トンボの眼玉』を出版している。明けて大正九年、一月には賀川豊彦の『死線を越えて』が発表され、十月には秋田雨雀が戯曲『国境の夜』を執筆して好評を得た。この年の末、十二月九日には堺利彦、大杉栄らによって「日本社会主義同盟」が結成されている。

大正十年に入ると、時代は音をたてて流れ始めた。一月に志賀直哉の『暗夜行路』が発表され、二月には小牧近江《おうみ》、金子洋文《ようぶん》、神近市子らによって雑誌「種蒔く人」が創刊された。四月に入ると足尾銅山の大争議が勃発し、早大でも建設者同盟を中心に大挙して応援に出向いている。八月には河上肇が『唯物史観の研究』を世に問い、十一月には北一輝が『支那革命外史』を出版した。同じ頃、有島武郎は『ホイットマン訳詩集』を出し、翌年、北海道有島農場の解放宣言をする。

そこで、当時のプロレタリア文壇の中心にいた秋田雨雀の日記を中心にして島田の足跡を追ってみたい。『雨雀日記』に島田が初めて登場するのは、この年の十月二十七日のことである。

「島田芳文君、山口君来訪。

梅田夫人、清水夫人来訪。二人を案内してお穴にお詣りして二人を新宿まで送っていった。天草家を訪い、主人と早稲田劇場を訪い、再び『沈鐘』を見た。『沈鐘』の後半はすてきにいいと思った。」

　これだけでは島田が何の用事で雨雀を尋ねたのかわからない。私の推測では、創作集『愛光』の序文を嘆願しに行ったのではないかと思うのである。それは、雨雀の序文の脱稿日付が「一九二一・十一・七」となっているからだ。その間、十一日あれば如何に多忙な雨雀でも四百字詰で五枚ぐらいの序文は書けたにちがいない。それにしても、多忙だった雨雀がよくも序文を書いてくれたものだ。一時は浅沼稲次郎の向うを張るほどの闘士だったと聞く島田の在り様を認めてのことであったろうか。そこで、秋田雨雀の人となりを知る上でも、『雨雀日記』にしばらくおつきあい願いたい。

「大正十年五月二十九日

　晴、暑い。午前中村屋へ行くと、エロシェンコはもう淀橋署に検束されていた。主人に逢い、高野、中村、佐々木（孝丸）の諸君と淀橋署へ行ったが、絶対に面会謝絶ということであった。昂奮した気持で中村屋へ引返した。相馬女史は涙を浮べて警官の暴行を語った。

　夜、明治座へ行く。舞台装置だけを試してみた。初日の『国境の夜』は大変悪い出来なので失望した。しかし明日はものになりそうだ。」

　エロシェンコとは、あの有名な盲目のロシアの亡命詩人のことである。中村屋の主人は相馬愛蔵、したがって相馬女史とは相馬黒光《こっこう》のことである。相沢源七著『相馬黒光と中村屋サロン』によると、中村屋が新宿の現在地に移転したのは明治四十二年のことで、そこに多くの新進芸術家たちが出入りすることから「中村屋サロン」の名称が生れたという。新進の芸術家たちとは、詩人の高村光太郎、彫刻家荻原碌山《ろくざん》、画家の戸張孤雁《こがん》、中村ツネ、中原悌二郎らであった。特に大正十一年から始めた「土蔵劇場」は中村屋の表二階を使用し、秋田雨雀をはじめとして、神近市子、上村露子、佐藤誠也、佐々木孝丸らが参加した。当時四十八歳になっていた相馬黒光は、特にこの土蔵劇場に熱中したそうである。また、黒光の国際人としての気骨ある活躍はめざましく、エロシェンコの保護を初め、インド解放運動の志士ボースを頭山満《とうやまみつる》に頼まれて官権から保護するに至り、長女の俊子を自らボースの妻にするといった力の入れようであった。エロシェンコが逮捕されたときは、中村屋に乱入した警官隊を告訴して、ついに淀橋署長を引責辞職させた。

次は同じ年の翌六月十一日の『雨雀日記』から抜書きする。

「雨、時々小晴。

一時ごろ青年会館へ行く。久津見、山川菊栄、伊藤野枝、曽根貞代その他の会員がつめかけていた。高津君なども熱心に奔走していた。例の通り二、三十名の警官隊がつめかけていた。久津見女史の司会で、藤森、ぼく、石川、江口と真柄《まがら》嬢、伊藤女史、守田有秋《ゆうしゅう》、曽根女史（中止）山川（中止）平林の諸君出演。千五、六百の聴衆。女性も四、五百名出席した。この日は佐々木署長は馬鹿におとなしく、にこにこしていた。」

高津君とは、救世軍の高津正道のこと。藤森とは、作家で評論家の藤森成吉。石川は社会主義者の石川三四郎、江口は作家の江口渙《あきら》。真柄嬢とは堺利彦の長女である。このときの会は赤瀾《せきらん》会の主催による「婦人問題講演会」であった。秋田雨雀の交際エリアがいかに広いかを伺うことができる。豊前市久路土の医師・島田孝（芳文の甥。故人）は、島田が救世軍にも在席していたという話をしてくれたので、この日は島田も参加したにちがいない。

次は大正十年十一月五日の『雨雀日記』であるが、この前日の夕刻七時半に原敬首相が東京駅において刺されたという号外が出た。

「夜は少し冷い。

原敬は完全にやられた。刺客は中岡良一という大塚駅のポイントマン、十九才だそうだ。祖父（大伯父か？）は京都の寺田屋で近藤勇にやられた人だ。面白い因縁のような気がした。

抱月会に出席。ぼくは日本の文学者は生活態度をしっかりときめる必要がある。島村先生の生涯を思うと、そういうことを教えてくれるという意味のことを話した。沢田が『暗の力』をやりたがっているので、追悼劇をやらせることを議決した。わかもの座のイプセンを見た。気持のいい芝居であった。」

ここには雨雀のものの見方や文学態度がさりげなく述べられていて面白い。そこで、島田の創作集『愛光』に雨雀が書いた序文を抜粋することにしたい。

「芸術は詩だ、愛だ、My self だ。詩のない芸術、自己のない芸術を思っても見給へ。現代の小説、戯曲、絵画、音楽は、それの血となり熱となる詩を失ってゐる。それは丁度、一滴の泉すら湧かない荒寥たる大砂漠を、涯しなくゆく旅人の姿よりも寂しいことだ。

われわれの生活に、愛と宗教をもたなかったら、われわれは生存を否定する。自己をその生活の中心として考えないならば、直ちに自殺する。そこに芸術のなにがあろうぞ、人間の何があろうぞ。

オール・オア・ナッシング――それは実在を否定しての言葉ではない。無のなかに自己を見る。しかもそこにあるものは詩である。愛である。宗教である。

私は島田君の芸術にこの美しい詩を見る。情熱と愛とに燃えてゐる君自身の姿を見る。君の芸術は未完成だ。しかし君は、現代のブルジョアジーの芸術の欠陥をもってゐない。真に地上に立つ者、現実相の内面からの自己を表現してゐる。だから私は、君が稚い小説を書いても許せる。（中略）

君がこれから全く新しい芸術世界―君の所謂プロレタリアートの芸術―を開墾して行かれるといふことには、僕は大いに賛成である。僕は今でも、書いたものは下手なものばかりであろうが、その気持で働いて来たし、働いて行かうとも思っているが、僕にはプロレタリアートの芸術といふ前にもう一つ打って来るものがある。それは何かといへば、そのプロレタリアートがどんな状態に置かれてゐるかということ、プロレタリアートが今、何を望んでいるかということだ。

（中略）

僕は君の『愛光』を読んで、君といふ人の感情がどうして斯《こ》んなに純粋に保存されているか不思議に思った。感情の純粋で自然であることは、あらゆる芸術の礎になるものであるが、僕から見れば、君の感情はもっともっと鍛錬されなければならない。粗雑や強がりを僕はすすめるものではない。却ってもっと物を見る眼を鋭く深くして行くことをすすめるものである。そして、君の感情を最もよく表はすたった一つの言葉を発見されるまで進んでもらいたい。　一九二一・十一・七　雑司谷にて、秋田雨雀」

この素晴らしい序文を貰ったということが『愛光』出版の一半の成功であったことはまちがいない。だが、島田の「感情の純粋」を讃えたところまではよいとして、地主の息子の島田に「プロレタリアートの芸術」を要望するのは雨雀の勘違いではなかったかと思うのである。雨雀のいう「無産知識階級」という意味が、当の島田に分っていたのかと私は考える。そこで、島田の「自序」を読んでもらいたい。

「小さきものは愛らしきものである。幼ない乍ら可愛い自己の純真性を育てつつ、自己の生命の夜明けを喚び、真の生命に根ざす悦楽、寂寥の情を味得して行きたい。こんな心の奥底からのリズムの躍動によって稚き筆を取ったのが本編である。

この十編は私の少年期の置土産であり、処女作集である。一九一九年の秋から二十一年の秋に亘る二ヶ年の作から、短編と思はるるものを抜いたのである。過去はそれが如何に描くも苦しくも、凡て懐しいものである。この懐情は遂に本書を出版せしむるに至った。（中略）

堕気に満ち、放縦に流れたブルジョア的色彩のみが濃厚な現文壇から、私らは何等の感激も衝動も暗示も享けることはない。私らは特権階級の御用作家の、何等実生活から放散する香りのない、技巧一点張りのものを読むには、余りに一個の無産者として、実生活のさ中に立って苦悩を味得し過ぎてゐる。真生活のどん底にゐて、生に敬虔な愛着を感じてゐる。私らは地上から足を辷らし、実生活を嘘り乍らブルジョアの味方となり、ジャーナリズムの商品となってゐる作品には満足できない。ブルジョア芸術の破壊と、ジャーナリズムの粉砕に雄々しく戦って行きたい。（中略）

『愛光』は私の歩いてきた道程の記録である。若い私はまだ人生のどん底に這入ってゐない。だから、私は未知の世界を描かうとはしなかった。若き人々の行路を濁らない感情を以って真実に描いて見た。只、この中に美と真と愛の光りがいくらか認めらるればいい。それらはこれからの自分を育ててくれるからだ。『愛光』は私の生長の基調でなければならない。プロレタリアートの芸術の建設へと進む美しい段階の礎だ。ナイーブな美しい感情は、私を強いニュー・プロレタリアン・インテリゲンチャとして育ててくれることを信じている。

私はこの要求を育てて、刹那々々に小さき魂の拡充されて行く歓びを期待し、希望に燃ゆる愛の光りを慕って驀進して行きたい。　一九二一・一〇・八　芳文生」

まず気になるのが「私ら」である。後記に「収穫社、詩人会、建設者同盟、学園クラスメート等、諸兄に声援されたことを深謝します」とあるので、多分、これらの人々を含めての「私ら」か、あるいは「プロレタリアート」というときの「私ら」かであろうが、いずれにせよ「集団の文学」などは幻想に過ぎないのだと私は考える。次に気になるのが、自分のことなのに「信じている」とか、「期待」しているという表現である。まるで他人事のような決意の述べ方ではないか。「プロレタリアートの芸術の建設」にしても、島田には何があっただろうか。「若さ」だけで拓くことの出来る世界ではない。しかし、四版も刷ったところを見ると、かなり得意だったようである。

大正十一年一月二十九日の「島田メモ」には「愛光出版記念会を神楽坂カフェーオザワにて開く」とのみ書かれているが、雨雀の日記を読んで私は愕然とした。

「くもり。夜、小雪。牛込尾沢で島田芳文君の処女出版の会があったので、出席した。井上康文君とぼくとが感想をのべた。写真撮影をした。みんなで話をしているうちに、霧が降ってきて、まもなくそれが雪になった。島田君は妙に詩人的なところがあるのでどうかと思う。もっと実世間をみなければだめだ。（以下略）」

雨雀はこの段階で島田の本質を見抜いてしまったのである。以後、『雨雀日記』に島田の名前は登場しない。

第七章　民謡詩人の時代

島田が志した民謡詩とは何かを述べる前に、大正デモクラシーの流れを概括的に説明しておく必要があるかと思う。

ヨーロッパ留学から帰国した吉野作造は、「中央公論」の大正五年一月号に、「憲政の本義を説いて其《その》有終の美を済すの途を論ず」という論文を発表して世論の注目を浴びた。評論家の尾崎秀樹《ほつき》は、その著書『日本と日本人　近代百年の生活史』の中で、この吉野論文について次のように説明し、時代の空気の変化を述べている。

「吉野作造は、デモクラシーという言葉に『民本主義』という訳語をあてている。主権在民説にたつ民主主義は日本の国体とはあわないが、この民本主義は立憲君主国である日本の実情とも見合うものであり、国家主権の活動の基本目標を人民におくという認識にたつものであった。そのような意味では、明治憲法への抵触をたくみに回避し、法理上の民主主義と政治上の民主主義を分けることによって、民衆の政治参加の幅を相対的にひろげようとする説であった。

この民本主義の主張は、多くの若い世代をとらえた。吉野は閥族や官僚などに対する批判を展開することによって、民衆の共感を深め、言論面における活発な論議を育てた。大逆事件以後の『冬の時代』も、次第に解氷期に入り、社会主義者たちの活動も息づきはじめた。（後略）」

石川啄木らが指摘した、いわゆる「時代閉塞の現状」にいくらか風穴があいたということである。事実、鳥居素川《そせん》主幹の「大阪朝日新聞」なども、この風潮に迎合して、長谷川如是閑《にょぜかん》、大山郁夫、櫛田民蔵らが盛んな援護射撃の論陣を張った。このような動きに伴って、河上肇の「社会問題研究」、麻生久や堺利彦らの「解放」も創刊された。

このようなデモクラシーの思潮は、ジャーナリズムの世界だけに止まらず、労働運動にも飛び火して工場労働者のストライキも大正六年ごろから急増している。その上に、米の値段も大正六年の夏から急上昇し、翌年の初めには一升二十四銭だったのが、夏にはさらに十銭も上った。これが有名な「米騒動」に発展してゆくわけである。

大正七年八月三日、富山県の魚津町で二百人近い漁民の妻たちが、町の資産家や米屋に押しかけ、みるみるうちに富山県下全域に広がっていった。この騒動が東京に波及したのが十三日で、その日は神田青年会館でシベリヤ出兵に関する演説会が開かれる予定だった。しかし、官権側がこの集会を禁止したため、群集が正米市場や穀物取引所を襲う気配になる。この騒動は、九月中旬へかけて約五十日間に渉り、ほとんど日本全国に波及した。

また、この年の七月には鈴木三重吉主宰の「赤い鳥」が創刊されたり、武者小路実篤が宮崎県の木城村に「新しい村」を開いたりしているが、激動の日本社会の影に隠れた存在と言ってよかった。

その翌年、島田が上京した大正八年は、朝鮮の京城で「万歳事件」が起り、この通称「三・一独立運動」は朝鮮全土にひろがり、参加人員は二百万人を越えた。日本の軍官権の弾圧に依る死者は約八千人、負傷者一万六千人、逮捕者五万余人という凄まじさであった。国内でも大小の「同盟罷業」、いわゆるストライキが絶えなかった。雑誌「改造」に連載された賀川豊彦の『死線を越えて』が評判になったのもこの年であった。

翌大正九年は、「溶鉱炉の火は消えたり」という新聞の見出しで有名な「八幡製鉄の大争議」が勃発する。同じ頃、東京では「普通選挙大示威運動」が展開され、五月には東京上野で日本最初のメーデーも行われた。そのような流れの中で、年末には大杉栄や堺利彦らによって「日本社会主義同盟」が創立され、秋田雨雀、小川未明《みめい》、江口渙《きよし》、藤森成吉、小牧近江、加藤一夫らが参加している。島田芳文の通学する早大のキャンパスにも、このような空気は流れ込んで来たにちがいない。

前章で島田芳文の処女小説集『愛光』の出版記念会が開かれたと書いたが、その同じ年月、大正十一年一月十七日に「大隈重信総長の国民葬」が日比谷で行われている。大隈は明治維新の功労者の一人でもあったが、それ以上に官立の東京帝国大学には無い「私学のドン」としての功績も大なるものがあり、「参列者十万人」と報道されている。

この年、島田は満二十四歳になっていた。

島田光子に見せてもらった「島田メモ」にも、例えば「二人の恋の不満は、自分をデカダンスの淵へと誘ふのをどうともし難い」などと書かれている。若い島田が、時代の激流に揉まれるのは致し方がなかった。

この「デカダンス」とは、日本語に訳すと「虚無的退廃的な感情のままに生きる在り方」を指し、十九世紀末のフランスを中心に流行した文芸思潮の一傾向であった。詩人のボードレールがその先駆的な存在であるとされており、虚無的耽美的な心情にひたり病的退廃的な気風を好むあり方は、日本では中里介山の『大菩薩峠』や近松秋江の『黒髪』、谷崎潤一郎の初期作品にもこの影響が顕著であり、宇野浩二の『蔵の中』なども多分にこの傾向がある。

民謡集『郵便船』に掲載されている、当時の島田芳文（23〜4歳ごろか）

このような傾向は、若い島田らの世代だけのことではなかった。大正プロレタリア文壇の中核的な存在であった秋田雨雀にも「自由恋愛」という形態で噴出した。この「自由恋愛」の風潮は、島田のような独身者にはそれほど問題化しないが、妻帯者には「不倫」というかたちで問題化する。このような傾向は女性の側になると、「青鞜」の平塚らいちょうを代表とする「ニュー・ウーマン」の誕生につながる。「青鞜」の旗揚げは明治四十四年の夏であったから、正確には「デカダンス」とは無関係であった。しかし、その「女権の確立」という方向が、たまたま大正デモクラシーの思潮と合流し、その中に「自由恋愛」の風潮も混在してゆくわけで、どちらが卵でどちらがにわとりと判別することはできない。特に「ニュー・インテリゲンチャ」と呼ばれた人々の間で、「姦通意識」は一夫一婦制の古い道徳観の裏返しであり、打破してゆくべきであると叫ばれていた。

そのような風潮の反面では、頑固な「良妻賢母主義」の教育理念も健在であったわけで、「女大学」の復活を叫ぶ輩も登場してくる。

そのような時代背景を考えると、「島田メモ」に散見する「自由恋愛」は東京だから許されたという面もある。この頃の島田のガールフレンドは、五指に余るほどであった。独身青年とは言え、そのデカダンな生活態度はかなりのものだった。しかし、青春時代の多情多感ということを酌量すると、「島田メモ」はそれほど頽廃的ではない。

この時期の写真が『愛光』に続く島田の民謡集『郵便船』の扉に掲載されているが、鼻下に薄く髯《ひげ》をはやし長髪にふちなし眼鏡のその顔は幾分か病的でさえあり、白いカッターシャツにフロックコートの上着姿は、これが当時の流行の最先端だったかと思わせる。たとえば、映画「路傍の石」で見た主人公のように、和服に鳥打帽でないところは、さすがに「良家の子息」だと感じた。かなり先鋭的なモダンボーイだったことはまちがいない。

夢のうきよに
つとめのつらさ
宵のくぜつの
白けたあとを

泣いてゆきます
山ほととぎす

これは島田の「山谷《さんや》情調」と題する作品であるが、色街情緒と娼婦のあわれな心情が巧みに重ね合わされていて、小説集『愛光』のナルシシズムからの脱却は感じられる。しかし、この作品は以下に揚げる野口雨情の「人買船」が下敷きになっているように、私には思われてならない。

人買船《ひとかひぶね》に
買はれて行つた
貧乏な村の
山ほととぎす

日和は
続け
港は
凪《な》ぎろ

皆さん

さよなと
泣き　泣き
言ふた。

この作品について、詩人の伊藤信吉《しんきち》が次のような感想を残している。
「私は感傷的タイプの人間なのだろう、この唄を読むたびに胸をしめつけられる。何度読んでもそうだ。貧しさ、弱さ、悲しさ、哀れさ。負の運命を搾りあげたかのようなこの唄は、それこそ涙の社会主義の典型である。」（『定本野口雨情』第一巻解説「詩人の身の処し方」より）
島田の「山谷情調」は、雨情の「人買船」の後日譚とでもいえる発想だが、伊藤信吉のいう「涙の社会主義」からそれて、「色街情緒」が勝ちすぎていないだろうか。島田は学生時代から「救世軍」にも参加して、街頭に立ったことがあると聞く。それならば、作品の底に廃娼運動の響きがあってしかるべきだと思われるが、そこに島田の情緒的で甘い体質があるのかもしれない。このあたりのことは、次のような作品にも露呈している。

主をおくった波止場にくれば
今日もけふとて夕ぐれを
銀の鋏で絹きるやうに
めんない千鳥が

私はここで『雨雀日記』に書かれていた「島田君は妙に詩人的なところがあるのでどうかと思う」という感想を思い出してしまう。「銀の鋏で絹切るやうに」というところなど、確かな才能と表現の巧緻を感ずるが、作品全体から滲み出てくるのは、連綿たる女男《めを》の情愛である。そのあたりのことを、野口雨情が『郵便船』に寄せた「序文」を読みながら、もうすこし考察してみたいと思う。

「民謡は自然詩であります。こしらえるものではありません。生まれて来るものであります。社会的背景が必要だの、思想的観念が大切だの、古今東西民謡の参酌だのということは、民謡の自然詩なるを知らない人達の愚論です。ほんとうの詩人であれば、土の上に立って、土を見つめてゐるうちに、自由に民謡の世界を歩くことが出来ます。（中略）
『郵便船』の著者島田芳文は、民謡の世界をあるいてゐる詩人であります。多くの宝玉を拾ふことの出来る詩人であります。ほんとうの詩人によって、こぼれてゐる宝玉は初めて拾われるのであります。
田端にて、野口雨情」

この文章を良く吟味して読んでみると、雨情は島田のことを「多くの宝玉を拾ふことの出来る詩人」になり得るかも知れない、と、あくまでもその可能性を買っているわけであり、「ほんとうの詩人」だと言っているわけではない。また、島田が雨情のいう「自然詩」について、どの程度理解していたかということになると、私は疑念を差し挟まずにはおれない。

この頃の島田は、後の野口雨情こと野口英吉が明治四十年の十月、北海道の「小樽日報」で石川啄木と机を並べていた時代を知る由もなかっただろうし、明治三十四年に東京専門学校の高等予科文学科に入学し、十九歳の時から童話作家小川未明と共に文学を競い、どのような経緯を辿って雨情が「民謡詩人」への道を歩んだか、熟知していたわけでもなかった。

また、二十一歳の雨情が北村透谷や島崎藤村の「新体詩」の息吹きを熱く感じながら成長し、「自由の使命者」「惰民を呪ふ」などの革新詩を発表していることなども知らなかったようだ。明治四十年、「朝花夜花」を書いて、小川未明らと「早稲田詩社」に参画する。それに、坪内逍遥の恩情を考慮に入れると、雨情の青春時代を望見することができよう。その雨情が第一詩集『都会と田園』を発行するのが大正八年の六月、島田が早稲田に入学した年である。雨情が「民謡」、つまり「民衆詩謡」の発想を成熟させるのは、すでに大正六年二月の「早稲田文学」に発表された島村抱月、富田砕花《さいか》、中村星湖《せいこ》らの「民衆芸術論」に依るところが大きい。

いよいよ雨情が、郷里の茨城県水戸を発って東京の「金の船」編集部に就職するのが、大正九年であった。小川未明を先頭に、西條八十、人見東明《とうめい》、窪田空穂《うつぼ》らが集って「雨情の東京復帰歓迎会」を開いたという。島田が雨情に近づくのは、翌年二月の第二詩集『別後』出版の頃からである。

そこで、島田の『郵便船』の中核となった作品を書き抜いて、雨情の作品と対比してみたいと思う。

三日一度の
郵便船の
煙りひとすぢ

待ちくらす

白いマストに
赤旗立てて
汽船《ふね》が入ります
下浜みなと

幼な馴みの
あの娘《こ》はいまも
昔かはらず
待ってよか

生れ本土を
見捨てて出たが
命惜しさよ
国恋し

この作品を読んで、現在のわれわれが連想するのは、星野哲郎作詞の「アンコ椿は恋の花」である。

「三日おくれの便りを乗せて、船がゆくゆく波浮《はぶ》みなと」あたりの設定がよく似ている。ただし、島田の作品は主人公が「島を見捨てて出た男」である。その男が「命惜しさよ　国恋し」というところは、その後に繰り返し唄われる「股旅もの」の基盤を形成する心情である。だが、雨情が詩集『別後』に篭《こ》めようとした「心情」は、島田のそれといささか異なる。次に掲げるのは雨情の「哀別」と題された詩篇である。

海は見たれど
海照らず
山は見たれど
山照らず

時雨の雲の
雨の戸に
わがためぬれた
人もあり

中仙道は
山の国

常陸《ひたち》鹿島は
海の国

これがたまたま
五十里の
山を越えたる
別れかよ

鳥しば啼く
しばらくは
山のあなたで
啼けばよい

今宵一夜《いちよ》を
哀別の
涙で共に
語らうよ

島田が雨情の『別後』から多大の影響を受けたのは事実だが、雨情の「哀別」が、男女のそれではないことを、島田には見抜けていなかったのではないか。雨情作品に底ごもる「哀別」は、自由民権運動に命をかけた男たちの「哀別」であり、もっといえば、軟派と硬派ほどの違いである。詩人の伊藤信吉は次のように考察している。

「新体詩における民謡への志向とその作品、同じ新体詩における社会主義意識とその作品。前者について私は生来の情操ということを言ったが、後者のそれは何に因るのだろう。戦後、私は彼の生地、茨城県多賀郡中郷村大字磯原を二度たずねた。その屋敷はいまなお広く、家屋も立派だ。広大な山林を有し、回漕業を営んでいた野口家に生まれた。（後略）」（前掲『定本野口雨情』第一巻解説より）

野口雨情の作品の、右から左へ海風の吹き抜けていくような、さわやかな韻律の正体は、先祖代々の生業が詩人の遺伝子に染みこんでいたからであろう。島田の祖父が倹約で蓄財したのとは、生活の位相が違っていたのである。

それに比し、『郵便船』の扉にある島田の写真の白い背広にモダンなネクタイを締めた姿は、どことなく中性的な雰囲気を醸し出している。そこで、『郵便船』に書かれた「自序」を、次に書き抜く。

「私達の生活に詩のない程淋しいことはない。私達の生活のうちで永遠に滅びないものは詩的生活である。然し緑なす田園が機械文明の偉《ママ》力の為に段々都会に蝕まれてゆくやうに、私達民衆の心のうちにある詩的情緒も、段々時代の手に魔《ママ》痺されてゆくことは実に歎かはしいことである。

然し民衆の詩的生活の直接的表現であり、最も普偏《ママ》的であるところの民謡が近頃盛んになつてきたことは、歡ぶべき現象である。

民謡は民衆の直接口にすべき唄でなければならない。而して民衆の生活感情そのものが純化されてゐなければならない。而も地方的郷土的の伝統風俗習慣等が溶け込むでゐて、偽らない濁らない階調と色彩とを帯びてゐるべきである。即ち民族性の真情の発露でなければならないと思ふ。この意味に於て民謡は民衆文芸の先駆であると言ってよい。

私は私の今年の詩作のうちから民謡の風脈を帯びたもの八十篇を輯めてみた。凡てみな私の漂泊の旅の美しい土産である。そして一つには消え去らんとする私の若き日の美しい純情の紀念《ママ》とし、一つには津々浦々に到る若き新日本の民衆への貧しい贈物として出版することにした。

現詩壇に於て直接若人の心に依つて唄はれた民謡集の出現は、本集を以て嚆矢とすることは光栄の至りである。この動機に依て真に民謡の隆盛になることを期待してゐる。（中略）

終りに本集出版にあたり斯界の第一人者たる野口雨情先生の親しく序をお寄せ下すつたこと、及び井上康文詩兄の種々力添え下すつたことに対して衷心から謝意を表する。

一九二二、一〇、五　諏訪の森にて　芳文誌す」

この文章が書かれたのは、大正十一年十月五日となっている。島田のナルシシズムはここに全開された感じであり、『愛光』出版の頃から何ら成長していないようだ。「漂泊の旅の美しい土産」とか、「若き日の美しい純情の紀念」とか、まことに歯の浮くような言葉の羅列ではないか。雨情の真姿は、爪の垢ほどもみられない文章である。

前述した『定本野口雨情』第一巻所収の伊藤信吉の解説の先に、次のようなことが書かれている。

「『日本童謡集』の大正十四年版に付された『童謡年鑑』に、大正十一年六月に『野口雨情、第一回路傍童話童謡会を十三日、小石川区細民窟西丸町の露天に開く』という記述がある。童謡詩人が街頭に立つことは、童謡運動の形態として目新しかった。それは、未来派詩人として変革的な詩を作った平戸廉吉《れんきち》が、大正十年十二月『日本未来派宣言運動』のビラを街頭散布し、前衛的な詩運動として注目されたのと同時期である。雨情自身はこのことを『現代詩人全集』の自伝に、『つとに、童心中心主義の児童教育を唱へ、貧民街の路頭に立ちて、貧児教育のために尽すところがあった』と記した。雨情自身としては街頭に立つことが、『貧民街』『貧民児』という庶民的志向の直接的な発現を意味したのである。」

このように、師の雨情が路傍童話童謡会を開いていた時期に、島田は民謡集『郵便船』の序文を貫ったわけである。この頃の雨情が実践していた文学志向を考慮に入れるならば、「土の上に立って、土を見つめる」ということが、いかなる文学態度か、少しは考えてよかったのではないかと思われてならない。

島田の実妹である野見山静子は、これからだいぶ後の昭和十年に別府の旅館で偶然にも雨情に遇ったときのことを、次のように話してくれた。

「私の夫が陸軍の予備役から帰ってきて、新婚旅行のやり直しをしようということになり、別府に行った時のことでした。黒土の父碩之助が昔から常宿にしていた『ときわ屋』という旅館へ行きましたら、丁度そこに野口先生が逗留されていました。わたしはさっそく先生の部屋におしかけて行き、『島田芳文の妹です』と挨拶をしますと、『ああ、あの島田君の妹さんですか』と言われて、奇遇をたいへん喜んでくれました。その時、記念に先生が書いて下されたのがこれです。」

そう言いながら取り出してきたのが一枚の短冊で、

「豊後鉄輪《かんなわ》むし湯のかへり肌に石菖の香がのこる」

と墨書されていた。このとき、「野口先生が兄を高く買ってくれている」と実感した旨を、静子は感激をこめて私に話してくれた。昭和十年と言えば、島田は三十代も半ばを過ぎ、「丘を越えて」が大ヒットを続けていた時であり、すでに有名人であった。雨情が島田の成功を喜んでいた証拠であろう。

第八章　父と子

島田芳文の実妹静子の回想によると大正十一年の三月末、「次兄道夫の進学の件で、久しぶりに両親が上京した」という。次男道夫は、長男義文より成績優秀で中津中学を卒業し、この春に一高へ進学した。この時期、父碩之助の期待は、長男から次男へ移りはじめていたようである。「東京帝大」を目指して、島田一家が希望の灯を胸に点した春であった。その四月の中ごろ、三年ぶりに、島田は故郷の土を踏んだ。

当時は豊州鉄道を宇島駅で下車し、黒土村までは軽便鉄道に乗った。この「けーべん」こと「宇島鉄道株式会社」の創立は明治四十五年三月で、宇島駅から終点の太平村有野まで、全線十七キロがようやく大正二年二月に開通した。この軽便鉄道は豊前地方の近代化の夢を担い、それから二十年あまり走りつづけた。しかし、中津から耶馬溪の守実《もりざね》までの「耶馬溪鉄道」の敷設が経営を圧迫するようになり、昭和九年の十一月に廃線となった。

黒土村大字久路土の生家から北へ四、五百メートルも歩くと、旧黒土農協がある。ここが、軽便鉄道の黒土駅であった。実妹静子は、そこまで父母や兄たちを出迎えに行くのが、少女期のたのしみの一つだったと懐かしそうに話してくれた。この時の上京は、次兄道夫の一高受験と下宿探しが主な用件だったというが、静子は母親に頼んでいた「東京土産」の文房具を少しでも早く見たかったからだという。

「この頃は、末妹の峯子がまだ乳呑子でした。それに三年振りに義文兄も一緒に帰郷するというので、兄の土産の『女学生雑誌』がとても待ち遠しい思いでした。汽車が着く前に、一キロも離れた千束村《ちづか》のほうから機関車の警笛の音がして、なんだかのんびりした気分でした。」

このころが、島田家にとってもいちばん平安な時代だったようである。父碩之助もこのころから、村役としての仕事が増えていた。

「それから何日かして兄は、大悟法さんと八面山に登ると言って出かけましたが、青春の真っ最中という感じでした。」

この話を耳にして、さっそく私は東京在住の大悟法氏に問い合せの手紙を書いた。

「八面山に登ることになったのは、多分、私が誘ったのでしょう。彼の方が先に私の家を訪ねて来たので、久しぶりに登ろうということになり、急に思いたったことです。山頂の古い権現堂で、一夜を語り明かしたことは今でもはっきり記憶しています。だが、それがどんな内容の話だったかということになりますと、全く覚えていないのです。」

九十歳になんなんとするお方から、何かを引き出そうとする私の方が間違っていたかもしれない。今、七十にならんとする私でさえ、若い日の記憶というものは、情景のみで事柄の微細は大半忘れている。

『明治大正昭和世相史』の大正十一年の項を開くと、

「テント生活の流行。欧米の流行をうつして、登山や避暑にキャンプ生活をおこなう者がふえた。」

と書かれている。勿論、この時の二人はキャンプのつもりだったわけではないだろうが、山頂の権現堂で一夜を語り明かした心情の底に、当時、都会で流行していた「テント生活」の影響が、皆無であったとは云えないだろう。現在の八面山は、山頂までアスファルトが敷かれていて、車で十分もあれば山頂に至る。山頂には「国見岩」という大石があり、その上に立つと豊前市、沖代平野、宇佐平野から国東半島まで一望できる。

二人が一泊したという「権現堂」は残っていないが、箭山《ややま》神社の拝殿というかたちで新築されている。島田が昭和六年に初めて世に問うた「キャンプ小唄」（島田芳文作詞、古賀政男作曲）の歌詞を次に書き抜いて、この時代の空気を推察するよすがとしたい。

一

山の朝霧　茜の雲が
そっと靡《なび》いて　東雲《しののめ》千里
嘶《な》くは裾野の　放し駒

キャンプ　キャンプで　一日明けた
明けりゃ朝餉の舌鼓
　二
赤い夕日が　端山《はやま》に沈みゃ
焚火囲んで　話がはずむ
テント覗《のぞ》くは　嶺の月
キャンプ　キャンプで　ごろりと寝てりゃ
夢に鈴蘭　香がかおる

この歌詞は信州の浅間高原あたりの情景を描写したものと聞くが、このときの八面山の思い出が多分に織り込まれているように感じられてならない。島田の「愛山志向」は、すでに大正十一年の時点で芽生えていたもののようである。八面山は英彦《ひこ》山、求菩提山、檜原《ひばる》山と並んで、古くから栄えた修験道の霊山である。

さて、そこで考えるのは若い日の二人の話題である。中津中学卒業の若者に共通なことは、まず、政治のことだったろうか。島田にとって身近な事と云えば、「早大建設者同盟」の動きが、この時期に非常に活発化していたことである。

昭和五十四年に「建設者同盟史刊行委員会」から、『早稲田大学建設者同盟の歴史——大正期のヴ・ナロード運動』（以下、『建設者同盟の歴史』）という本が出ている。その中の、「資料室報一六三号」に、渡部義道という人が次のように書いている。

「夕刻、神田神保町の角などにミカン箱ひとつの演壇をつくり、赤旗を立て、二、三人で絶叫的な革命演説をしながら、建設者同盟の出版物や水曜会のパンフレットを売る。帰りには、市電のなかで革命歌を合唱した。」

また、田原春次著『田原春次自伝』によると、同じ年に「早稲田大学新聞」が誕生したとも書いている。「机の上の学問より、実際に新聞を発行しよう」と、田原らが学生に呼びかけたのがきっかけだという。田原は島田と同期の入学で、同じ政経学科であった。

「早稲田大学は、伝統的に新聞記者と政治家を多く生んでいる。もっとも、政治家と新聞記者というのは親戚みたいなもので、大学を出て新聞記者になり、そして政治家になった者は少なくない。戦前は、政治家になりたいなら新聞記者になれと言ったほどである。私が早大に入学した頃も、早稲田は新聞記者の養成学校という風潮すらあった。」

と、田原は書いている。島田の性格からしても、同じ九州出身の田原らに同調しない筈はない。前述の『建設者同盟の歴史』にも、

「夏期講習会の代表的な行事に『社会問題講習会』があった。一週間なり、十日間なり、何人かの講師を招いて集中的に講演会をやるのは、当時の社会主義団体によくみられた。」

とあるように、建設者同盟では大正十年から三年間、夏の特別講習会を開いている。たとえば、大正十年は早大の大講堂で開催している。大講堂を使用する以上は、学校経営者の側も納得づくだったにちがいない。その講師のメンバーがまた凄い。

第一回講演会（大正十年八月一日〜八日）

政治と芸術　長谷川如是閑／新国家学概論　大山郁夫／貧民心理の研究　賀川豊彦／革命後の露西亜思想一般　片上伸《かたがみのぶる》／現代文化批判　土田杏村《きょうそん》／日本階級闘争　佐野学／イプセンと両性問題

島村民蔵／民法改造の基調　末弘厳太郎

第二回（八月十日〜十八日）

代議制度の新研究　今中次麿《つぎまろ》／農業問題、小作問題　橋本伝左衛門／現代婦人問題　本間久雄／新実用主義の哲学概論　帆足理一郎／戦後の仏蘭西文芸の思潮　吉江孤雁／新社会の性問題　矢口達《たつ》／ギルド社会主義概論　北沢新次郎／ソビエトの教育及び文芸　平林初之輔

と書き抜いてみると、まさに「大正デモクラシー」の立役者、当代一流の錚々たる人物ばかりである。演題も時局に合せたものだし、講師のメンバーも早稲田系のみならず、東大、新聞社、民間から選出されていて、決して偏っていない。この時期、「建設者同盟」は社会主義者養成のメッカであったと言ってよかった。これらの講義は、翌年（大正十一年）に「同人社」というところから、それぞれ単行本で出版されている。

話が前後したが、その後、大悟法利雄から十枚もの便箋を重ねて便りが届いた。八面山での記憶が甦ったようだった。

「それまで私は、島田は『民謡詩人』の道をまっしぐらに歩んでいるとばかり思っていました。もちろん、野口雨情先生の民謡集や童謡集の話もしましたが、あの夜の島田は、『建設者同盟』の話に目を輝かせていました。」

この夜の島田の話に勇気づけられるようにして、後年、大悟法利雄も郷関を出立したという。

さて前掲の『建設者同盟の歴史』から、もう少し東京の様子を書き抜いておきたい。

「そのころの演説会というものは、こんにちでは見られなくなった独自の雰囲気があった。政治的自由がなく、人々の反体制的な不満のはけ口の少ない時代だった。人々は弁士の口から、日ごろ政治や社会に対して発言したいと思っている言葉が、痛快な弁論となって吐かれるのを聴きに来るのであった。つまり、鬱屈を晴らすべきカタルシスの場であった。弁士も、聴衆の熱気を自分の言葉に乗り移らせ、聴衆の心に飛び込むような弁舌をふるった。雄弁術というものがあって、美辞麗句を動員し、リズムに乗り、派手な抑揚をつけて、音楽的ですらあった。練達の雄弁家の演説を聞くのは、浪曲を聞くよりおもしろかった。そこには、聴衆と弁士が一体となる場があった。（中略）

しかも演説会は警察官が壇上で君臨し、社会主義者の演説会だと、さらに多数の警官が会場の内外に配置され、国粋会などの暴力団もしばしば押しかけて来た。弁士と臨監とのあいだに流れる緊迫感、いまにも演壇に飛び上がろうという暴力団。弁士中止、さらに検束となって、警官とのもみ合いなどがあり、刺激的で、一種のアトラクションの役割を果した。弁士もまた、はげしい政府批判のことばを吐き、意識的に官憲をこきおろして、聴衆を喜ばせるのである。このころの演説会は、二十銭なり三十銭の入場料をとる場合が多かった。それでも会場がいっぱいになり、ここでの収入が主催者側の運動資金の助けになったりもした。」

ここで、再び野見山静子の回想に耳を傾けることにしたい。

「その年の七月になって直ぐのことですが、兄の義文から手紙がきて、十日過ぎに帰郷すると書いてありました。春の四月に帰ったばかりでしたから、私はどうしてだろうかと思わないことはなかった。でもね、まさか父や母まで巻き込む騒動になるとは、全く予測しませんでした。

たしか七月の中頃でした。兄が黒土の家に着いて二時間ぐらい経ったころ、博多から電報がきて、『すぐ来られたし』と書かれていました。兄は父には勿論のこと、それまで何でも話してきた母にも言わず、飛び出していきました。」

この時のことを『建設者同盟の歴史』に照合してみると、次のような事態であったことが判明する。

「学校が夏休みに入ると、同人たちは郷里へ飛んで帰って、思い思いに宣伝活動をやって廻るのであった。一九二二年の夏、九州では武田万兵衛、田原春次らが、あちこちで演説をして騒がせていた。このとき武田は郷里で、のちに建設者同盟に入る伊東光次という同志を見出している。」（第三章・人民の中へ）

島田が合流したのは、この連中が編成した「講演旅行隊」である。

七月十四日の八幡市を振り出しに、十五日は若松市、十六日は小倉の城野、十七日東郷、十八日は「福岡記念会館」にて演説会、二十日久留米という具合で、青年たちは夾竹桃の花咲く九州北部を、こころ燃えて巡った。

島田の演題は「人間苦とプロレタリア芸術」であったが、その内容はいかなるものであったか、知る術もない。ただ、この講演旅行隊のことを何も知らない碩之助に注進する人物がいた。

「父も、兄が東京から急に帰ってきたかと思うと、また出発したと聞いて怪訝に思っていたらしいのです。八月二日の夕方になって、八屋《はちや》町の知人から第一報がきました。」

　烈火のごとく怒った碩之助は、

「お前がどうしても社会主義運動を続けるつもりならば、もう親でもなければ子でもない。勘当する。」

と息巻いた。妹静子の記憶に依ると、島田はそれにひるまず、

「あんたは時代遅れだ。有島武郎先生は、北海道の農場四百町歩を無償で小作人たちに提供しました。あんたも、一日も早く眼を覚ますべきだ。」

と、珍しく感情を剥き出しにして、父と対決した様子を話してくれた。東京で学んだ「社会主義」の知識の限りを尽くして、父親の説得にかかったにちがいないが、そこには東京と地方の現実的な落差があった。

　碩之助は、早大の前身「東京専門学校」を卒業して、しばらくは警視庁関係の仕事をしていたという。「建設者同盟」のことも、新聞記事ぐらいの知識は持っていただろうし、概略として社会主義がどんなものか分っていた筈である。しかし、まさか自分の息子が実践運動に参加しているとは予想もしなかったにちがいない。

　碩之助が学んだ時代は、大隈重信の民権論と言えども「欽定憲法」の範囲内のものであった。当時の国権派に対峙して、学問の自由と独立を仰望したわけで、緒方竹虎《たけとら》も書いているように、「早稲田精神とは在野の精神、私学の自主独立の精神」

であり、あくまで「天皇制国家内」の主張であった。だから、息子義文の口から、「革命」とか、「国家の改造」とかいう言葉が飛び出すのを聞きながら、天を仰ぐ思いだったにちがいない。以下は、

妹静子の証言である。

「八月七日は、次女満寿子と四女みよ子の法事をしたので、兄も付き合いました。ところが、翌日の八日はまた、父の制止を振り切って筑豊中間町の演説会に参加したのです。そこで、父は県会議員の神崎勲氏に頼んで、ひそかに官権の力によって、兄の行動を封じ込めようとしました。その結果、演説会は各地で警察官の圧迫を受けるようになりました。兄は、とうとう一行から身を引くことにしました。間もなく、次男の道夫兄が病気になって、一時は危篤状態になりましたので、義文兄も遠慮したようです。」

夫と愛息子《まなむすこ》のあいだに立って板ばさみの思いをした母ユクは、息子義文が前から話していた民謡集の出版への資金援助を許諾し、「建設者同盟」の人々と行動を共にしないことをその条件にした。「主義を選ぶか、文学を選ぶか」という母の申し出に、島田は乗ったわけである。あくまでも父と対決して社会運動を続けていたら、あるいはもっと異うタイプの文学者になっていたのではないかと考えるが、民謡集『郵便船』の出版が、後年、島田が世に出る布石になったことを考え合わせると、母ユクの判断を認めざるを得ない。だが、「政経科」を選ばせた父親の夢は、ここで消え果てた。

この頃から、碩之助は次男道夫に夢をかけるようになった。道夫はその父の思いに応えて、東大の法科に入学した。次いで、三男の節次も東大の社会学科に入学するが、時代が悪かった。昭和初頭に吹きすさんだ疾風怒濤は、九州の片田舎の大地主の夢を、また打ち砕くことになる。島田家の「嵐」は、まだ吹き始めたばかりであった。

第九章　早大卒業の前後

島田父子相克の起因となった「建設者同盟」のことは前章でかなり詳しく述べた。だが、東京に帰った島田が尚かつ、「建設者同盟」の、たとえば三宅正一らと交友が続いていたということになれば、大正デモクラシーの大きなうねりのなかで、「建設者同盟」が如何なる位置を占めていたか、もう少し詳しく触れておく必要がある。

大正十一年当時、勇名を馳せた「アナキズムとボルシェビズムの論争」は、その後の島田文学にかなり深い影響を残した。そこで、平林たい子著『文学的自叙伝』（原題「女猪のやうに」）から、時代の雰囲気を探ってみたい。

平林が信州諏訪の女学校を卒業、上京した当時（大正十一年）、同志の間で読まれていたのは、幸徳秋水著『基督抹殺論』であった。そのころ、「社会主義者は顔を合わせるのといっしょに、『貴方は

Aですか Bですか』たずねるのがつねだった」という。Aはアナーキスト、Bはボルシェビキのことである。そのころ、アナーキストの頭目は、大杉栄だった。またそのころ平林は、「仲宗根源和氏と貞代氏の夫妻、堺氏令嬢堺真柄《まがら》さんとともに柏木に住んでいた。そこから、朝京橋の第一相互館の書店に出勤して、夜の十二時ごろ帰る」生活だった。

「建設者同盟」は早大教授の北沢新次郎が学生の和田巌や浅沼稲次郎らと連携して社会運動に乗り出し、それに「総同盟」の麻生久らが迎合し合流したものである。そのころの総同盟は、過激なサンディカリズムからボルシェビズムへ移行しつつあった。堺利彦、山川均、荒畑寒村《あらはたかんそん》、高津正道らの主張する観念的な革命主義と別れ、労働組合の形成や側面的な援助を中心にしていた。島田の生涯の友人であった三宅正一は、その間の心情を機関紙「建設者」に次のように書き残している。

「無政府主義か、社会主義か。共に麗しき花である。その選択を強ひらるる時、私は沈潜して現実には社会主義の花を手折る。而して、夢に無政府主義の花を抱く。ああ、無政府主義の花、美しき限りではある。そこは博愛の世界、自由を享楽して平等を得、平等を徹底して自由を得る世界である。けれども、社会改造の運動は現実の問題である。実現の可能を他にして、如何に今日の社会を批評するも、新社会の華麗を云ふも、そは痴者の夢だ。

然らば、無政府主義の社会は如何にして来るか。無政府主義は教へる。汎ゆる現存社会制度を破壊せよと。すべてを破壊すれば、そこにこの世界は建設されると。だが、これではユートピアンの誇りを免れまい。私は何としても、かくも人生を楽観して、制度のみを憎むことは出来ぬ。無政府主義の世界は、幻影のみに終らぬかもしれないけれど、その日は遠い遠い未来だ。先に通らねばならぬ道を通ってからだ。その道が社会主義だと自分は信ずる。（後略）」

この時点で「建設者同盟」が選択していた道は、戦後の「社会党路線」であり、少なくとも議会政治を通じて実現しようとする道であった。父の碩之助がそれほど心痛するような政治姿勢ではなかった。

また、「早大建設者同盟」も初期の頃は、石川三四郎や加藤一夫や秋田雨雀らがよく現れたという。特に和田巌は、加藤一夫の「自由人同盟」にも参加していたと言うし、加藤一夫が「労働文学」を創刊したのは大正八年三月だから、すぐ翌月の四月に島田が早大に入学しているのを考慮すれば、秋田雨雀との出会いもその頃だったのだろう。

「建設者同盟」は島田より一年上級の和田がリーダーシップをとり、それに浅沼、三宅らが同調したのである。だから、和田が「総同盟」に近づくと、自然に「建設者同盟」は総同盟に接近した。もともと「労使協調路線」の総同盟に体質として近かったとも言える。前章で紹介した『建設者同盟の歴史』に、次のような記述があり、それが学生たちの体質でもあったことが分かる。

「ことに初期の同人たちは、比較的に金銭面の苦労を知らない人が多かった。ほとんどが地主の息子で、たとえば市村今朝蔵《けさぞう》のごときは軽井沢の半分ぐらいは、彼の家で持っていたというほどの大地主の息子だった。彼らは、月々に三十円から四十円の仕送りのほかに、臨時の送金を親にねだることが出来た。伊東光次などは、八十円もの送金を受けたことがあり、それが建設者同盟には有り難かった。（後略）」

語弊を怖れずに言えば、「建設者同盟」の社会運動は、クラブ活動程度の意識だったのではないか。

島田も含めて、これら大地主の息子たちは親に心配をかけながら結構な学生生活を送っていたわけである。

ちなみに、この頃の「島田メモ」には、「十二月十九日、武生着。大雪なので、野村君の結婚式は明春になった。気管支カタルのため、三日床につく」とある。「肺疾患」に対する特効薬のない時代だった。

大正十一年の年末、島田の実妹・静子の記憶に依ると島田はまた帰郷している。この時は出来上がった『郵便船』を抱えての帰郷であり、二十五日に大分市で開かれた「民謡講演会」に出席するのが目的の一つであった。ところが、来賓の野口雨情は差支えがあって欠席し、島田は静養中の母親ユクを別府近郊の谷川温泉に訪れた。勿論、『郵便船』をユクに見せるためであった。

明けて大正十二年一月五日、別府の母ユクから電報が来て、手持ちの『郵便船』を持って「すぐ別府に来い」ということである。「知人に愛息子の宣伝がしたかったのだろう」と、野見山静子は話してくれた。

こうして、島田が東京の下宿先「望岳楼」に戻ったのは、一月十一日のことである。それから一ヶ月後の二月十四日、「建設者同盟」の和田巌が急逝した。前記の『建設者同盟の歴史』には、次のように書かれている。

「和田巌が死の床に就くや、建設同盟の友人、ことに平野力三、三宅正一の温情看護は親戚も及ぶところではなかった。和田巌は、平野らの急報で上京した父親に看取られ、酸素吸入を受けながら絶命する。」

二月十五日の告別式の有様は、すべて官権側の調査するところとなり、『大正後期警察局刊行社会運動史料』に詳しく記録されている。その記録には参列者の中に「学生約四十人」とあるそうだが、島田もその中の一人であった可能性が高い。

父碩之助の心配を余所《よそ》に、島田の青春無頼は続く。その頃の東京浅草の風俗を、園部三郎著『日本民衆歌謡史考』は、次のように把握している。

「オペラの衰えた浅草に、赤いけだしをふりみだして踊る『女安来節一座』が常設されて、浅草名物の『玉のり』とともに、当時のエロ興行として民衆の喝采を博していた。活動写真館では、松竹蒲田が、一九二二（大正11）年に、『船頭小唄』をとりあげ、帝キネが『籠の鳥』を映画化して、それぞれ映写中に主題歌をうたわせて、いやがうえにもこの歌をひろめたのであった。これが小唄映画とよばれた初期のものであるが、この種の映画の人気とともに、流行歌が学童にまで及んだので、ついに当局から映画中の独唱が禁止されさえした。（後略）」

この「船頭小唄」は、野口雨情の詩に中山晋平が曲を付けたものだが、雨情は大正十三年一月に民謡集『極楽とんぼ』のなかで、この「船頭小唄」を二番目に入れて、次のような「序文」を書いている。

「うるほひのない生活は死灰である。人生は死灰ではなかった。
民謡は、ただちに民衆と握手し、民族生活の情緒をつたふ唯一の郷土詩であり、土の自然詩である。
民衆の握手もなく、人生にもたらすうるほいもなく、郷土的色彩もなき作品は、われらの欲する詩ではなかった。

極楽蜻蛉《とんぼ》は、いささかなりとも民族生活の情緒をつたへたい、わが小民謡集である。

民謡は、心読の詩ではない。耳の詩である、音楽である。本集には本居長世、中山晋平両氏の作曲による作品が多い。藤井清水氏の作曲による作品も十数篇ある。そのほか、梁田貞《ただし》、室崎琴月《きんげつ》両氏の作曲。佐藤千夜子ほか二、三嬢の作曲による作品も数篇加へた。

こころの涸渇は民謡によって救はれ、民衆の感情も民謡によって救はれるのである。民謡は社会教化の上にも、強い力をもってゐたのであった。

民謡は限られた階級文芸ではない。土の上の詩人によって発見される民衆の詩である。

民謡は国民詩である。」

この雨情の「序文」から逆説的に考えられることは、「船頭小唄」に対する当局の風当たりである。「民謡は社会教化の上にも、強い力を持つ」とか、「民謡は国民詩である」とか、この時点で強調しなければならなかった理由は、他に考えられない。これは、第二次世界大戦の真っ最中に、多くの詩人が蒙った「国民詩人」の称号に似ていないだろうか。もし、それが当局の差しがねと無関係ならば、伊藤信吉の書いていた「涙の社会主義」からの変質を考えなくてはならないだろう。この「序文」が書かれた大正十二年の春から夏の頃、野口雨情が何を考えていたかということは、弟子の島田にとっても重い課題であり、後に尾を引くことである。

さて、そのころ島田はどうしていたかというと、大正十二年二月二十一日のメモに「名残惜しい大学の授業も愈々終りを告ぐ」と書き、二十三日には「発病」とのみ書かれており、それがどのような病状だったか分からない。その後のメモは、二十六日に「卒業試験」が始まり、三月三日に「卒業試験終了、夜行にて帰郷の途につく」とあり、何となくあわただしい様子である。

そこで、実妹の野見山静子に糺すほかはなかった。

「もともと気管支カタルでしたから、それが悪化したのだと思います。三月末に帰郷して、二、三日床に就いていたら、東京から電報がきて、千葉の中山中学で教鞭を取ることになり、一旦は上京しましたが、四月十五日に早大の卒業式が終ると、千葉の中山校には行かず、四、五日して黒土に帰ってきました。あれは、五月の中ごろでしたかねえ。こんどは盲腸の手術をすることになって、かれこれ一ヶ月ばかり入院していました。」

ところが、この頃の島田を知る人が現れたのである。岩清水八幡宮、つまり「白旗の森」で少年時代に島田と一緒によく遊んだという古老の高橋進によれば、

「当時は、かぞえの二十一歳で兵隊検査を受けた。わしが兵隊検査を受けた大正十二年の夏に、どうした事情じゃったか知らんが、三歳上の義文さんも兵隊検査を受けた。今の豊前市民会館の建っちょる所に、築上郡の郡役所があっての、小倉の連隊から将校が出張して来ちょった。わしゃそんとき甲種合格での、義文さんなどうじゃったろうか。義文さんな子供の時分から色白で頭が大きくて、『島田のぼんぼん、島田のぼんぼん』ち言いおったが、あん人がそげえ偉いもんになると、誰も思わんじゃった。」

ということである。帰郷の理由は徴兵検査だったのだろう。さらに高橋翁は、大正十一年八月二十八日に起った「弘法堰《こうぼうぜき》騒動」のことも明確に記憶していた。

「そん年は何十年ぶりかの大旱魃での、根づけ雨が降ったぎり、八月いっぱい降らんじゃった。それまでは、水がないちゅうことはない弘法堰が干上がってしもうた。原因を調べてみたら、弘法堰より二つ上の鬼木堰に問題があったので、わしらは、その鬼木堰を落としに行ったんじゃ。大旱魃での『水一升米一升』の時じゃから、大喧嘩になっての、朝から夜中まで張りあいになった。にぎりめしの炊き出しまでして、駐在まで出てくる騒ぎになってしもうた。とうとう最後にゃ、鬼木部落の村会議員じゃった前田鯉蔵さんと、こっちは島田碩之助さんに出てもろうて、やっとこさ話し合いがついた。」

この時、名村長の矢幡小太郎は高齢で、すでに病床にあったという。この騒動を収めた碩之助の活躍が村の人々の評価を得て、次期村長の布石になった。

息子の義文はと云えば、盲腸の手術から間もない七月の初めに格別の用件もなく、また上京している。上京して何をしたかといえば、久しぶりに何人かのガールフレンドに逢って遊び呆けた。

次に書き抜くのは、大正十二年七月九日付の読売新聞の記事である。「有島武郎氏・軽井沢で情死す」と、大きな見出しが付けられていた。

「文壇の巨匠有島武郎氏（四六）は、元『婦人公論』記者波多野秋子さん（三〇）と、軽井沢の有島家の別荘の階下応接室のテーブルの上に椅子を積み重ねて縊死をとげた。

右縊死体は七日払暁、別荘番が発見したが、死後すでに一ヶ月を経過し、全身腐爛し、なにびとであるか判明しないほどだった。懐中には現金二百円余と数通の遺書とがあった。

武郎氏は大正五年に夫人神尾光臣大将令嬢に死別して以来、母堂幸子刀自《とじ》と行光（十四）敏行（十二）行三（十二）の三人の子どもと淋しい五人ぐらしをしていた。
婦人公論元記者波多野秋子さんは、人妻だが、有島武郎氏と知り合ってから恋愛関係におちいり、武郎氏の悩みに同情して情死したものと思われる。（後略）」

島田は後年、何回もこの時のことを妻の光子に話したそうである。余程、有島事件に深い衝撃を受けたにちがいない。島田に近い存在の文学者の最期が、かくも悲惨で、かつ、センセーショナルであったということは、ともに深く時代の空気を呼吸していた島田にとって、深い衝撃だったにちがいない。その後の、島田の奔放な動きや内面の模糊たる軌跡は、すべて有島事件の経験に発しているように思えてならないからである。

ただ島田がこの事件にたいして、何を感じ、どう動いたかは一切不明である。妻女の島田光子が見せてくれたメモ（大学ノート）は、七月八日から二十四日まで空白だった。この空白は何を語っているのか、その辺のことを推察しながら、『雨雀日記』を援用したいと思う。

「七月七日
（前五行略）有島武郎君が信州である女性と情死を遂げたということを知った。女は誰だろう？　佐藤、佐々木二君と、女のことを想像しあった。桜井夫人ではないか？」

「七月八日
昨夜、眠れなかった。朝、『読売』の清水君がきた。明日の文芸欄に感想を話した。氏の潔癖性とニヒリスチックな傾向について。有島家を訪い、名刺をさしだした。弔問者が多い。女の名と素性について。遺書公開。（中略）有島君の対称《ママ》は例の美人記者波多野あき子だ。二人は女のしごきと伊達巻で縊死していた。（後略）」
「七月十日
有島君は完全にいってしまった。波多野主人が有島君を強迫したということをきいたので、不快な気持がした。夜、足助君を訪うと、（中略）足助君はこの事件について、痛切な告白をした。波多野主人は偽善者で、かなりな悪党らしい。この事件には一種の犯罪性が潜んでいるような気がした。（後略）」
「七月十四日
夜、中村屋で朗読会。きょうは朗読をしないで、有島事件の批評や談話で賑った。主人も細君もできて、恋愛論に花が咲いた。
――近火ですね。御要心――と黒光女史は笑っていた。」
この『雨雀日記』に漂うている雰囲気こそ、大正デモクラシーの深層を語っていると私は感じた。あえて、長い引用をした理由である。中村屋の女主人・相馬黒光の「近火ですね。御要心」には、まさに万感の思いが込められている。

大正十二年八月一日の「島田メモ」は、内面に決意することがあって、半年を経ず、再び帰郷した旨が書かれている。さらに、八月十六日のメモには「父上が村長に就任」と書き込まれている。二十四日から「家の改装工事にかかる」とも書かれている。その島田一家の繁忙を尻目に九月一日、彼はまた上京した。

そして、上京途中の下関で「関東大震災」の速報に接する。災害の影響波及により、すでに東海道本線は不通になっていた。そこで、島田は名古屋から中央線に乗り替え、信州の松本で一泊した。さらに、九月三日は大宮で一泊し、東京の市街に着いたのは、四日の午後であった。まず、下宿先の「望岳楼」を見に行き、その夜は台湾総督府の官舎に住む叔母の所に身を寄せた。

関東大震災に関する記述はさまざまに残されているが、島田が徘徊したであろうと思われるあたりということになれば、早大周辺の記録がよいかと考えた。次の文章は早稲田学報編『早稲田３６５日』からの引用である。

「九月一日午前十一時五十八分四十四秒、関東地方に大激震。火災随所に発生、津波が来襲し、東京では通信交通機関、ガス、水道、電灯すべてが停止した。

当日、早大では重要会議があり、大隈会館の書院に会して正午近く会食しようと高田早苗、坪内逍遥、市島謙吉が、正にフォークを手にしようとしたとき大地震が起った。三人はおどろいて庭園の芝生に飛びだしたが、立っても座ってもいることができず、芝生に腹ばいになって様子をみた。震動が少しやんでから、平地が地割れすることをおそれ、築山にかけのぼって大樹に抱きついたが、樹もしきりに動くのでほとんど生きた心地がしなかった。このとき大隈会館の別邸を覗くと、倉庫の化粧煉瓦がことごとく落ちているのを見出した。間もなく理工科の実験室から炎々と火の手があがり、容易ならぬ地震であることがわかった。(後略)」

これが早大構内の大震災の始まりである。関東一円の被害状況は、死者九万一千三百四十四名、行方不明一万三千二百七十五名、重傷者一万六千五百十四名。全焼、半焼、全壊、半壊、流失罹災家屋二百五十四万八千余と、内務省社会局編『大正震災志』に発表されている。

この「帝都壊滅」といってよい惨状を、島田も見たにちがいないが、何一つ書き残していない。九月十二日に芝浦から船に乗り、十三日に神戸の三宮に着き、そのまま九州へ帰ってしまった。僅かの手がかりは、『建設者同盟の歴史』に書かれている次のような状況であった。

「朝鮮人が暴動を起こし、数千人が東京へ向けて進撃中とか、社会主義者が飛鳥山にたてこもって騒乱中などというような、落ち着いて考えれば荒唐無稽なデマが、計画的に地方に流されていった。（中略）憲兵と警察の監視下にあると思われた建設者同盟の本部から、同人たちはしばらく遠ざかっていた。」

ということであるならば、島田の「都落ち」も理解できる。ともあれ、東京は修羅の巷であった。こうして、古い東京は焼け爛《ただ》れ、新しい東京が復興されるのであるが、この関東大震災を境に島田の生活も変らざるを得なかった。

第十章　新聞記者になる

関東大震災の翌日、天皇暗殺未遂というかどによりアナキスト朴烈《パクニョル》とその妻、金子文子《ふみこ》が検挙された。その二日後には「亀戸事件」が起きている。現在では、これがすべて官権側のでっちあげであったことが解明されているが、当時は第二の大逆事件かと国民大衆に思わせるものがあった。九月五日になると、早大軍事研究団事件でかねてから当局に睨まれていた浅沼稲次郎、共産党の北原竜雄らも次々に検挙された。『濁流に泳ぐ』の著者である麻生久は、夫人、赤ん坊ともどもに警察に収容された。正力《しょうりき》松太郎の戦後の証言によると、この時に亀戸署に検束された人数は七百七十余名にもなったということである。島田も在京していれば、多分、この一網打尽の中に入っていたであろう。大杉栄と伊藤野枝が憲兵大尉甘粕正彦らによって扼殺されたことも、大衆に判明するのは九月十六日になってからである。

家は焼けても江戸ッ子の
意気は消えない見ておくれ
アラマ　オヤマ
たちまち並んだバラックに
夜は寝ながらお月さんながめ
エーゾ　エーゾ
帝都復興　エーゾ　エーゾ　（以下略）

これは有名な添田さつきの「復興節」であるが、東京下町の繁華街のことごとくが灰になり、焼け残った渋谷道玄坂、牛込神楽坂、新宿、池袋などが繁昌して、ここで「復興節」や「船頭小唄」がやるせなく、どこかやけくそな調子で唄われていた。その頃、故郷に帰った島田は次のようにメモに書いている。

「一九二三年十月。門司新報築上支社主幹として働く。東洋文化新聞を発刊。九州新報主筆となる。」

十月のメモはこれだけである。この書き込みも、最初は空白であったところに後日書き入れたといった具合である。

大正十二年十月の「門司新報」は、連日に亘って関東大震災の報道がつづいている。十月四日には「大杉栄の四遺子、福岡の叔父の手に引取らる」という見出しで、次のような一段の記事があった。

「大杉栄の遺子魔子《まこ》、エマ、ルイズ、ニストルの四人は、愈々野枝の叔父なる福岡市花園町宅に引取って当分世話する事となり、二日午後二時五十九分新宿から中央線で神戸に来り、大杉進に連れられて淋しく出発した。（東京電話）」

伊藤野枝の郷里が福岡だったことにもよるであろうが、「門司新報」は甘粕公判の様子も連日のように報道している。読者の関心がそれだけ強かったということであろうか。

さて十月六日の地方欄に、「矢幡小太郎氏逝く」という見出しの下に、次のような記事が掲載されている。

「築上郡黒土村の前村長矢幡小太郎氏は長く病気の為、去る四日午前十時脳溢血にて死去せり。葬儀は来る八日、村葬を以て同村小学校庭に於て執行の由、此の為、小学校運動会も目下無期延長となる。」

これは島田が書いた記事にちがいないと、私は思う。翌七日の「矢幡氏の略歴」は、かなり長い記事になっている。

「県下の築上郡黒土村は、全国の模範村として治績世に識られたが、其の指導者としての前村長矢幡小太郎氏村葬の状況は、昨紙所報の通りであるが、此に其の略歴を掲記する。勲六等矢幡小太郎氏は、村社産土神社神職矢幡勝季氏の長男として安政三年三月六日の生れなり。性聡明、明治七年一月祠掌に任ぜられ、（中略）同十六年三月福岡県上毛郡第六番学区学務委員を申付けられ、翌十七年七月福岡県より選ばれて、上毛郡久路土村ほか八ヶ村の戸長に任ぜられた。爾来、四十年の久しきに渉り村長の職にあり、此の間、地方自治に力を尽し、村人を導き、（中略）先年来、病を得て職を退き、静養中なりしが、遂に逝く。村民は其の功績を追惜して、村葬の礼を以って葬る。先に同村の学校長たり、し故後藤募氏以後の盛儀なり。黒土村が全国に模範村の称を得て、今日の治平を得たるは寔に二氏の施政指導の賜に外ならず。遺族は未亡人と養子矢野健五《ママ》氏あり。」

この記事の右隣には、第三回全九州水平社大会が福岡の大博劇場に於て松本治一郎が議長となって開かれたと報道されている。ここにも時代の気流を感知することができる。

次に島田の取材によると思われるのが、十月二十四日付の運動会の記事である。

「築中運動会に本社掌牌寄贈（以上見出し）築上中学校に於ては、二十一日秋季運動会を開催した。前夜の雨で運動には絶好の天気となり、定刻九時には父兄観衆は場外にまで溢れ、頗る盛会を呈した。午前九十二演技、午後教練分列式等二十三競技あり、中でも分列式は三、四、五年の兵式分列式に発火演習模擬戦を加え、非常に一般の賞讃を博した。各競技の優勝者には、本社其の他の寄贈メタル等多数ありて、頗る緊張を見せた。」

この記事の右には門鉄と豊国中学の野球の試合、左には佐賀の武徳会の様子が載せられていて、スポーツの興隆を偲ばせるものがある。

さらに島田が「門司新報」に在席していた証拠となるものが、「社告」として掲載された次の記事である。

「本紙の拡張に伴ひ、築上郡八屋町に築上支局を新設し、全郡の通信及び販売に従事すべく、尚、十一月一日より築上欄を特置し、地方の記事を網羅す。大正十二年十月二十六日門司新報築上支局、浦野恒雄《つねお》、島田芳文、炊江《かしきえ》豊」

島田メモの「門司新報築上支社主幹」というのは、実はこういうことであった。この社告通りに、十月二十九日から「築上欄」を設置しているが、内容は宇島町で賭博押収があったとか、八屋警察署の連中が友枝村の吉村鉄臣方の松茸山に招待された話とか、築上高女の修学旅行の話などであって、天下泰平の記事ばかり。

この時代の早大の卒業生、特に政治経済学科の連中は大半が政治家志望であり、その早道は新聞記者になることであった。地方新聞の支社詰めの記者ではあるが、島田もそのコースについたと言っていいだろう。しかし、島田が「門司新報」に在席したのは、ほんの一ヶ月たらずのことだった。

十一月十五日、島田は東京から全面的に引き上げる決意をして上京する。メモには、十七日に「着京」とのみ書かれてあり、荷物の整理が主であった。ところが、いよいよ東京を発つのは十二月二日のこと。

「午后一時、東京駅出発。時間がおくれたので、見送りに来てくれた京子さんに逢へず失礼した。午后六時沼津に着き、牧水先生のうちに泊る。大悟法君と一夜を談ず。」

この時の沼津下車は大悟法利雄に会うつもりだったにちがいない。東京を引き上げるについての挨拶のつもりではなかったろうか。この年の若山牧水の年譜には、

「三十九歳。五月、新潮社から歌集『山桜の歌』を出版。九月一日、伊豆西海岸古宇に滞在中大震災に遭う。」

としてあり、大岡信の『今日も旅行く　若山牧水紀行』には、次の事項が加えられている。

「伊豆土肥温泉、同長岡温泉、同湯ヶ島温泉、愛知県新城町鳳来寺山、西伊豆への小旅行につづいて御殿場より籠坂峠越えで甲州へ、さらに八ヶ嶽山麓経由で信州の松原湖、千曲川上流地方から十文字

峠を越え、秩父方面に至る。」

牧水の長女である石井みさきの『父・若山牧水』の中に、この時に島田が訪ねた湯原村上香貫《かみかぬき》の家の様子が、次のように回顧されている。

「部屋数も六つか七つあったが、敷地が広く、六、七百坪もあったろうか、家の三方に庭があった。屋敷をめぐって大きな桜が沢山植えられ、花の季節は見事であった。葉桜の頃になると女中たちは毛虫の落ちるのを恐れて、晴れた日でも木戸の出入りに傘をさしたりした。往還から門へ入るには小川をまたぐ土橋が渡され、そこに立つと広い田圃をへだてて狩野川の藪土堤、そしてその上に富士山と愛鷹山がまともに仰ぎ見られた。南側の茶の間の縁からは、庭の向こう槇の生垣越しに畑をへだてて香貫山が青かった。」

島田のこの時の訪問について、大悟法利雄は私への手紙に次のように書いている。

「島田が数回、沼津に牧水を訪ねているのは、私がそこにゐたせいだと思はれます。というのは、その頃の島田は短歌にはあまり熱心ではなかったといふ記憶があるからです。民謡集『郵便船』の出版は何年でしたか。私には、その頃の島田はほとんど民謡詩人だったといふ印象ですが……。」

大悟法利雄の云うごとく、確かに短歌には熱心ではなかったが、野口雨情が旅を愛したように、牧水の旅を愛する性癖のような単独行は、その文学の特質でもあった。島田は同じ放浪の体質を持った牧水のことが、理屈抜きに好きだったのだろう。

牧水の家に一泊して、翌三日に島田は沼津を発っている。四日はまた大阪に途中下車して、今度は池田の回生病院に友人とその妻の病気を見舞っている。五日になって、やっと門司に着き、次の就職先であった「東洋文化新聞社」に立寄ってみると、同僚の荒木某という男が広告費を着服したまま行方不明になっていた。そのために「東洋文化新聞」は発行できなくなり、廃刊のやむなきに至る。翌日、久路士の家に帰ってきた島田は一部始終を碩之助に話した。そこで碩之助は、今度は小倉の鮎川代議士に息子のことを頼んだ。鮎川は、それでは自分が今度新しく創立する「東洋民報社」で働いてくれないか、と言った。ただし、新聞発刊までは一、二ヶ月はかかるだろうということである。この一、二ヶ月がまた島田の歯車を狂わせることになった。

十二月二十一日、島田は別府の谷川温泉で胃腸の治療をしていた母のところに遊びに行く。更に、二十六日には別府から海を渡って、四国の松山に遊んでいる。松山高校には次男の道夫がいた。この時にあの「虎の門事件」が発生する。十二月二十七日、摂政宮裕仁（後の昭和天皇）が御召車で虎の門にさしかかったとき、山口県出身の難波大助という一青年がステッキ銃を車にむかって発砲するという暗殺未遂事件だった。その難波大助が島田と同年の二十五歳であったことがショックだったらしく、興奮状態で四国から大晦日に帰ってきた。その夜、急性腸カタルをおこして床に就いてしまった。一時は医者が心配するほどの重態であったという。

大正十三年の新春は病床で明けた。ようやく床をあげたのが一月八日のこと。七日間の病床生活の間に島田は個人雑誌の発行を考えていた。その雑誌名を「濁流」としたのは、麻生久の『濁流に泳ぐ』に感化されたからである。九日にはさっそく門司に出向いて行って、坪井印刷に印刷発行を依頼した。十五日までかかって原稿を書きあげると、再び門司にとってかえし、個人雑誌「濁流」発行に取りかかる。二十一日に第一回の校正をし、翌日には再校を終って帰宅し、「濁流」の創刊号ができあがったのは二十九日であった。

村長に就任して以来、父碩之助はあまりにも多忙であった。その上に、築上郡財産組合の補欠議員選挙にも当選し、上城井外二十一ヶ町、山田村外十三ヶ町村、合河村外四ヶ村の役員を兼ねることになった。それに碩之助は前年の九月二十二日にあった県会議員選挙の折に応援した神崎勲の選挙違反に問われて、裁判沙汰にまでなっていた。息子が何をしているか、全く気がついていなかった。二月十三日には「濁流」第二号の原稿を書きあげて、門司に行った島田は、父への報告もあるので、「東洋民報社」に顔を出してみたが、未だに準備の段階であった。ところが、東洋民報社から発刊に関する最終協議をするので出席せよと云ってきた。島田は気乗りのしないまま十八日にその会議に出席したが、新聞の編集が自分の意向に添わないと見るや、その場で退社宣言をしてしまった。メモには「遂に破局」と書かれている。


昭和五十九年の秋、私は黒土町在住の医師・島田孝（芳文の甥・故人）を二回訪ねて行った。最初の訪問の時は医院の忙しい時で、私の前著『仏教済世軍の旗』を名刺代りに置いてきたのであるが、二回目に訪ねたときは一時間ほど話をする暇があった。その時、その島田孝から次のような回想を耳にした。

「仏教済世軍の攻撃をするようで悪いが、芳文兄は真田増丸《ますまる》の宗教論はえせだと言っていましたよ。兄は救世軍の支持者でしたから、早大卒業後、北九州の町角に立って、済世軍の向うを張って演説をしたことがあると語っていました。済世軍は二神論ですが、救世軍は一神論でした。つまり、天皇否定か肯定かの問題ですね。」

私も自分がとりあげた評伝の主人公をうんぬん言われるのが好きではないし、それが否定論であっただけに、深く記憶に残った。残念ながら「濁流」は一冊も現在見ることができないので、島田の天皇観を明らかにすることは不可能に近い。しかし、難波大助が確信犯であったことを考慮に入れるならば、その難波に刺激を受けた当時の島田の論拠は明白ではないだろうか。

この頃、帝都東京は風雲急を告げる状況であった。二月一日、憲政擁護国民大会が芝公園で開かれ、警官隊まで出動した。二月十七日には上野公園で護憲示威大行進があり、二月二十一日には治安維持法に反対する労働団体が全国大会を開くという具合であった。

三月二十三日、八屋町の築上郡公会堂に於ても神崎勲県会議員主催の政談演説会があった。この時、碩之助は息子を、選挙違反に問われた先述の神崎勲の秘書にでもして貰うべく、政談演説会の弁士のひとりに加えてもらった。ところが、この時に島田が熱弁を吐いた論旨は、碩之助が青くなるような「日本改造論」だったのである。

この神崎勲の政談演説会に関連して、二月二十一日の門司新報は「築上欄」に次のような短文を掲載した。

「来るべき総選挙の形勢は、各派の密偵中に在りて、何人が如何なる方面へ走るか腹のさぐり合いにして、ここ一ヶ月後にあらざれば、色別は皆目知れざる現状。併し、目下区内の状態は政友派の元代議士神崎勲、帝都の筒井省吾（憲政）、塩原正文（政本）、現滋賀県知事末松階一郎（政本）の四氏が最も呼声高く、神崎氏は旧来の地盤と過去数年政党に権威ありといへども、多少民心を離れ苦しき立場にあり、（中略）要は県議選同志を何れに供託するかが問題なり。目下郡民は大森武雄、浦野岩吉、吉村鉄臣、高橋喜七郎、平塚又太郎、鶴田正夫諸氏の態度如何を監視中なり。」

浦野岩吉は当時の八屋町長であり、吉村鉄臣は友枝村の大地主であり、元村長。高橋氏は既に登場した如く陸軍大佐で、地元在郷軍人会のボスであった。鶴田正夫は西吉富村長をしているといった面々で、この時の神崎勲の苦境が如何なるものであったか、あらましのところは理解できるであろう。そのような大事な時局演説会で、碩之助にとっては誠に面目ない事態であった。

また、二月十八日付の門司新報は「共産主義者事件終審、二十九名全部有罪」という見出しの下に、次のように報道している。

「労農独裁の社会主義を我国に実現せんと企てたものであり、早稲田大学の講師佐野学、猪俣富夫等に教育を受けた子弟も恐ろしい存在である。天下の耳目を煽動した共産党事件は、東京地方裁判所で審議中のところ、予審全く終結。左記の二十九名全部有罪として公判に付せられた。

著述業堺利彦（五五）、著述業近藤栄蔵（四二）、元早稲田大学講師佐野学（三二）、著述業高津正道（三二）、著述業田所輝明（二五）、新聞通信員市川正一（三二）、著述業山川均（四五）（以下略）」

この記事を見ても分る通り、早稲田大学で教育を受けた子弟が危険分子だという風評が流れはじめていた。この事件自体は大正十一年七月十五日に結成された「日本共産党」が非合法だという訳で、当時の官権側の左翼弾圧のひとつに過ぎない。だがしかし、早稲田大学の卒業生の就職戦線に暗雲がただよったのは事実である。

その早稲田大学卒の島田芳文にとって、故郷の風は決しておだやかなものではなかった。それが島田自身の播いた種だと云えば云えないことはないが、四年間の大学生活で味わった都の風に比べて、故郷の空気の中にこもっている閉塞感、つまり、大正デモクラシーの自由に充ちた風は、豊前の田舎には薬にする程もなかったのである。闇夜の部屋の中を飛ぶ黄金虫のように、あっちの壁にあたり、こっちの障子にあたって、ついには畳の上に朝冷たくころがっていたかのような、若い島田の姿を私は想像する。

三月二十五日のメモに、島田は次のように書きつけている。

「再び上京することになった。下関で会って一緒に上京すると言っていた京子さんのプランに差支へがあって駄目になったが、少しおくれて上京する由。夕方、島中君の所で夕飯をすまし、九時の特急にて下関を発つ。」

島田の再びの上京は、あたかも、あの関東大震災の余震の如く碩之助を揺がしたにちがいない。若さと才気と野心に賭けた島田芳文二十五歳の再出発であった。

第十一章　民衆詩派の人々

早大卒業後の約半年間、郷里で悪戦苦闘した揚句に、島田が再び上京したのは大正十三年三月二十五日のことであった。二十八日は、また沼津の創作社に立寄っているが、この時は「牧水先生は九州の旅で不在」とメモしてある。二十九日の朝九時に沼津駅まで見送りに来た大悟法利雄と別れて、いよいよ着京したのが午後二時であった。早速、大塚の従弟の下宿に実弟の道夫を尋ねている。道夫は松山高校を卒業後、すぐ上京して東京帝大を受験すべく待機していた。三十一日の島田メモは「昨日、下戸塚に部屋を探し出したので、弟と一緒に越して来て、ひとまづ落着く」と書かれてある。その旨をすぐ郷里に知らせてあったらしく、四月一日には「節次、五高にパス」という電報を受け取っている。父碩之助にとっては嵐のような春であった。

こうして、島田は東京での生活を再び開始した。四月十日の島田メモは郷家の重大事を次のように記述している。

「父上より来信。従弟の博君が鉄道省より下りた工事の金を持って東京へ出奔した由。その為に、うちよりの出資金四萬円がとれなくなって大損害の由。」

『明治大正昭和世相史』によると、この年に円タクというものが大阪に出現して、市内ならどこまで行っても一円だったと記述してあるが、この当時の一円は庶民にとっては高大なものであった。したがって、大地主の島田家が受けた打撃も小さいものではなかった。「大損害」と島田がメモに書いた程だから、碩之助も困惑していたにちがいない。十七日には「叔父が博兄のことで上京してきた」と書かれている。

このような親類縁者のごたごたの中に在りながら、島田は文学活動を再開していた。四月八日には、そのことが次のように書かれてある。

「井上さんと会す。〈新詩人〉を引き受けて、自分の手で復活することに決す。」

この「井上さん」というのは、詩人の井上康文のことである。井上康文とは『愛光』出版以前からの交際であった。

「歌謡詩人として名をはせた島田芳文も大正十三年（一九二四）井上康文らと『新詩人』を発行し、のち同誌の編集をしたことがあり、詩集『農土思慕』を昭和二年五月に抒情詩社から出版し、田園情緒的な詩に観念的な農土意識を注入し、農民詩の貴重な存在となった。」

右は昭和四十四年に法政大学出版局から出版され、その年の毎日出版文化賞特別賞を受賞した労作（『日本農民詩史』〈全五巻〉から引用）だが、この「大正十三年、井上康文らと『新詩人』を発行し」

たというところは、「復活」とすべきであろう。詩集『農土思慕』には、大正十一年の作品から集録されているところを見ると、「新詩人」は大正十一年に創刊されたのではないかと推測する。それが大震災の影響で休刊のやむなきに至っていたのではないだろうか。

さて、島田が「自分の手で復活することに決す」と書いたのが八日のことであり、前述の「大損害」の件は十日の話である。島田は「新詩人」の発行印刷費をどうしたのであろうか、というのが私の疑問であった。生前、光子夫人から「島田は上京するにあたって、独立資金という名目で一万円余りお父さんにいただいたそうです」と聞いていた。この点は実妹の静子にも糺したことがある。一万円あれば発行は充分可能だったにちがいない。

そこで、井上康文の来歴について少し触れておきたいと思う。以下は『日本農民詩史』からの援用である。

「雑誌『民衆』が詩運動史上きわめて重要な意義を含みながら、芸術至上主義派からのきびしい作品批評を受け、かたや新らしく登場してきたプロレタリア詩人たちの追撃にあって自解作用をおこしたのは大正十年（一九二二）初頭で、冊数にして十六冊を出したにとどまった。編集実務は主として井上康文の力に負っていたが、雑誌発案者であった福田正夫は、その出発点から論理的矛盾をもち、『民衆』に一切の情熱を賭け詩運動を強化する方向には必ずしも進まず、詩話会のリーダー格におさまることで、地道な実践から遠ざかりつつあったから、井上としても恋々とそこにとどまる義務感を放棄することを選んだのだろう。井上が、花岡謙二、藤森秀夫、尾崎喜八らを交えて『新詩人』の創刊に踏みきったのは、『民衆』廃刊と同じ年であったというのは、井上の手まわしのよさということのほかに、詩話会を牛耳っている詩壇のボスたちへの不満や個人的な反撥が根底にあったことを証しだてるものである。そういう批判の対象に、雑誌をともに出してきた福田をも含まざるを得なかった事情の裏には、方向こそちがえ『民衆』を崩してでも新らしい詩人としての自己の位置づけを迫られた二人の生き方の問題がかくされていた。詩界の現象を追えばそういう判断がくだせるとおもうが、井上にとってみれば、先輩を敵にまわしても自己主張をおし出したいという欲望は、『民衆』に拠って詩運動を深化させる欲望とは別の内容のものであった。と同時に、そのようなプライベイトな事情をぬきにしてみても、民衆詩派と呼ばれる一群の詩人たちの作品が、質的変化をはっきり示しはじめていたとみなければ詩の本質論と関わってこない。

民衆詩派に属する詩人たちも個別的にそれぞれの仕事をした。だが、その頃になるともはや『民衆』の宣言にうたわれた意味・内容に鋭く集約されるような方向性は欠如していたのだから、あえて『民衆』を続刊する意義もなかったし、井上が『新詩人』を出したことによって、作品の質と詩人の動向とが拡散されるとともにかえって詩壇的性格を帯びてくるのだった。」

この文章は、「白鳥省吾と地上楽園」の章において書かれたものであるが、「新詩人」創刊のいきさつにも触れているためにあえて引用した。

井上康文は本名を康治といい、明治三十年六月に神奈川県小田原市の染物屋の子として生れた。したがって、島田より一歳年長ということになる。大正六年に東京薬学専門学校を卒業して、中野製薬会社の職工をしていたが、間もなく東京市役所の化学分析技手となっている。大正八年に小川未明の紹介で雑誌「新小説」の記者となり、前田夕暮《ゆうぐれ》の「詩歌」を経て、白鳥省吾の「詩と詩論」に属していたが、「民衆」創刊と同時に参加し、「民衆」誌の編集事務を担当した。次の作品は、彼が十九歳の時のもので「農人の娘」という題がついている。

星は空に
太陽はいまめざめたばかり
霜のいっぱいたちこめた水田の
色褪せた紺の仕事衣を着て、

朝まだきのうすら寒い汽車のなかに吾は、
旅のうれしさを思ふとき、
水田のなかに働ける農人の娘を見る。
掘りかえされた一塊の土くれが、
彼等の喜びである、
そうしてつきない彼等の幸福である。

いちめんの水田の光
それは彼等の平和を所有する、
まもなくもやは晴れるであろう、

朝の光りは漲るであろう。

働く者の尊さを、
しみじみと思ふわれをのせて、
汽車は走る武蔵野を。

やわらかい繊細な感覚のうちに、しっかりした構図と農家の娘への若者らしい憧憬がこめられていて、充分に将来性を窺わせる才能の開花がある。そう言えば島田にも詩集『農土思慕』の中に「田園の微笑」と題する次のような作品がある。

四月の田園は
処女の艶やかな恥らひを見せながら
その優しい肉体のはち切れさうな力を漲らして
微妙な感覚に打ちふるうてゐる

瑞瑞しい黒土は
柔らかい明るい日光を吸ひ
瑠璃色に煙る果てしない大空は

慈愛の胸を押しひろげて地平線を擁し
あらゆるものは
大地の精妙な魔術にかかり
地殻を破って躍り出し
匂やかな花粉のやうに光の裡に乱舞する

一塊の土にも重重しい生命は宿り
大地のあらゆるものは芽ぐみ
春の無言の力に育くまれてゐる
麦の芽も、白菜も、葱も、
快よく爽やかな大気に息づき
崇厳なエメラルドの空間からは
雲雀の朗らかな唄が流れてくる
これらの中に埋もれて
心のままに自然を相手に働く人生が
どうして不幸だと言はれよう

然し長閑な田園に働く農夫

それは一見無知と忍従と寛大のうちに
野の法悦に浸ってゐるかに見ゆるけれども
底しれぬ暗い沈黙の底に呪詛の炎を秘め
働いても働いても
抜け切れぬ貧乏につき纏はれてゐる

春四月の心地よい微風につつまれて
丘の上に立って田園を展望すれば
微笑する田園の裡に
避け難い農夫の運命を私は認識する

先の井上康文の詩と比較するとき、島田の欠点が露呈してしまっているのがよく分る。これが二十代前半の作品だから、まだ許せるのだ。

「民衆」誌に集った人々は、ほとんどがその二十代前半の若者たちであった。百田宗治《そうじ》、加藤一夫、花岡謙二、井上康文、斉藤重夫、福田正夫、小栗又一《またいち》、渡辺順三、佐藤惣之助、白鳥省吾、津田光造《こうぞう》、小山内輝弥、川崎長太郎、福田雅子、瀬戸一弥と書き抜いてみると、錚々たるメンバーである。そこで「民衆」創刊号の巻頭詩を次に紹介しておきたい。

われらは郷土から生まれる。われらは大地から生まれる。
われらは民衆の一人である。世界の民である。
日本の民である。われ自らである。
われらは自由に創造し。自由に評論し。真に戦ふものだ。
われらは名のない少年である。しかも大きな世界のために立った。
いまや鐘は鳴る。われらは鐘楼に立って朝の鐘をつくものだ。

この「民衆」詩派の若武者ともいうべき白鳥省吾と歌人・北原白秋の論争は、多くの若い詩人たちを鼓舞してやまなかった。島田は早大に入学してのちに「民衆」誌の存在を知る。芸術至上主義派ともいうべき詩人たちの、その時代認識の浅さと権力への追従的な姿勢、ぬるま湯にひたったが如き文学上のディレッタンチズムを見るにつけ、ヒューマンな声をうちあげずにいられなかったのだ。

しかし、昭和四十年七月号の「文学」誌上で、伊藤信吉は白鳥省吾と「民衆詩派をめぐって」と題して対談をし、次のようにその運動を定義づけている。

「あの論争には詩の本質にかかわるいろいろな問題があった。あれを私は、白鳥省吾対北原白秋というところから延長して、民衆詩派対芸術詩派の論争、自然主義的詩派（生活派）対美学的詩派（芸術至上主義派）との論争、つまり、生活派と芸術派との思想的な対立だった、と見る。」

島田は「民衆」誌には全く顔を出していない。しかし、「新詩人」で井上康文、福田正夫、花岡謙二らと交友したことによって、「民衆」の息吹きは充分に受けたと言ってよい。大正十三年の作である「田園に帰る」という島田の次の詩を読むとき、「民衆」の巻頭詩の影響の大なることは否めない。

いとけなくして知り初めた智恵の木の実を求めて
十九の春、三月
家郷を捨て肉身の愛に離れ
純潔な異性の愛を裏切って
漂泊の旅路を辿ったこの五年

愛の片影を失してひとたび幻滅の淵に身を沈め
死の圏内を彷徨した少年の彼の日
不死鳥の翼に抱かれて
第二の生誕に胸は蘇へったが
それは苦しき試練に過ぎなかった

一切を棄てて貧民窟に身を陥し
砕かれた同胞と泪の褥に起居した幾ヶ月
聖悦に浸りながらバイブルをかざして
十字街頭に神の福音を伝へた幾月

デカダンスの淵をさまよひ
爛れゆく肉体の香に咽んだ春の宵
赤旗の巷に雄々しきテロリストとして
民衆のパンと血の償ひのために熱弁を振ひ
冷い監房に囚れの身となった冬の夜
想ひめぐらせば無より無への苦悩の夢に過ぎなかった

千九百二十三年九月一日は幸運なるかな
物凄き大地の叛逆は
私に灰燼の都より田園に帰る時を与へ
土の怒りは解け
異端の子が自由に土に伸びゆく時は来た

麗らかな早春の陽光は萬腔の田園に輝き
山川草木悉く美と平和の象徴として
尊い自然の恵みを啓示してゐる
土を離れて人間の生活はなく

地上一切の生物は黒き土に生ひ育ち
光と土の交響楽に踊りながら
私の帰りを迎へてゐる

今こそ、われ揺籃の地に帰り
田園に浸り地霊に抱かれて
泪ぐましい謙虚な心をもって
土に祈りを捧げつつ
光の子土の子として生くるべき
第三の誕生はここに恵まれたのだ

ここには稚い田園回帰があり、農本主義への傾斜があると評した友人もいるが、帰郷していた半年の間に農夫になっていた訳ではない。これは、やはり観念的な田園回帰でしかなかった。そして、島田の東京での生活は益々ブルジョワ化して行く。

大正十三年四月二十一日の島田メモは、

「『新詩人』五月号の原稿をもって、台町の共栄社へ行って印刷を依頼す。」

と書かれている。残念なことは、その「新詩人」が入手できないことである。どの程度の雑誌か一見したいのであるが、今はそれがかなえられない。やはり「新詩人」の同人であった次の花岡謙二の詩は、この頃の作品であるという。

男が鍬をふるっている
女が粟を刈っている
そのそばで
女の子が
赤んぼをおぶってうたっている

秋の夕日が
これらの野の家族の上にかがやき
広野いっぱいにひろがっている
その中で
土にいそしむこの人達を見よ
彼等は

何のくったくもなく
この土を信じ
この土を愛し

聖なる勤労に余念がない

見給え
これらの野の家族をまっかに染めて
今
まるい大きな日が沈むところだ

これは、まるでミレーの「晩鐘」の世界ではないか。現実の大正末期の日本の農村をこんな風に把えるならば、もはや、芸術派と紙一重である。これら民衆詩派の美的傾向に鋭い批判をあびせたのが、かのプロレタリア文学の旗手たちであったことを考えるときに、私は有島武郎がフランスの「第四階級」について触れた文章を思い出す。

かのフランス革命において、自由、平等、博愛を主張し、アンシャン・レジームを打破して近代市民社会を建設した「ブルジョアジー」。一八八九年、当時フランスには、貴族十四万人と僧侶八万人に対し、第三階級に属するブルジョアジーは二千四百万人だった。第四階級とは、その後の資本主義の発達に伴って、激しい階級分化が起り、第三階級のなかから形成されていったプロレタリアートを指す言葉であった。大正末期の日本では、まだ第四階級の存在はそれほど明瞭ではなかった。しかし、いわゆる「無産階級」といわれた「流民」や「小作」の激増はおびただしいものがあった。

統計資料によると、大正三年の第一次世界大戦後は労働者百八十万人であったのが、五年後の大正八年には二百八十万人余になっている。大正十三年は正確な数字がわからないが、多発する労働争議と小作争議を見れば、日本における大正末期の第四階級の増加を明確に裏付けている。

「第四階級の文学は同情や哀願の文学ではなく、反抗斗争の文学である。少しも弱味を見せてはならぬ文学である。苦虫を噛み潰して居なければならぬ文学である。ここに第四階級と云っても外面的に見ただけでは足りない。偉大なる作家は常に精神上のプロレタリヤである。心の貧しきものが文学の本質である。」

これは中野秀人の評論『第四階級の文学』の中の一節であるが、この「第四階級」を島田がどれだけ理解していたかということである。この時期に作られた島田の「恐怖の田園」を次に書き抜く。

陽光に耀く大地は
健康なリトムに襞を波打たせ
紺青の大空は自然の大聖堂
平和の夜の幕が下りると
数限りない星辰はその上に君臨して
静かに栄光を降りそそぐ
だがそれらは審美の眼に映ずる
田園の一点景に過ぎない

近代文明の悪徳と暴威は
大都会の膨張の発展によって
隣接の田園を日日に侵蝕し
大小の工場は陣を敷かれ
煤煙は緑の樹々を汚し
悪瓦斯は大気を濁らし
残滓は清い小川を染め
モーターの騒音は小鳥の群を脅してゐる

祖先伝来の草の家に生れ
家訓と因襲との下に育った田園の若人は
利潤に乏しい田園を捨てて日夜大都会に蝟集し
資本主義の餌じきにされ
やがては都会の中毒者となって
陶酔の酒場
人肉の市場
恋の饗宴
都会の擅なる享楽に溺れて落魄する

都会文明のエナージーの暴虐を見よ
メカニズムとマアカンティズムの威力を見よ
大都会の近郊はすでに蝕まれ
遠い田園にまで恐怖の手は伸ばされてゐる
農民の離村と小作争議
最後に残るものは疲弊と衰微との哀れな田園の殻のみである

大正末期の時点で考えると、かなりラジカルなものであったにちがいない。だが、この作品は多分に啓蒙主義的な発想のもとに書かれている。民衆詩派の人々との交友を通じて、島田が身につけねばならなかったのはこんな知識の断片であった筈はないのである。実生活と文学の乖離が、どのように島田の心魂を冒して行ったかを次章では辿ってみたいと思うのである。

第十二章　新帝都の空の下で

大正十三年三月、早稲田系の吉江喬松《たかまつ》、中村星湖、犬田卯《しげる》らを中心にして、「農民文芸研究会」が結成された。この会に島田が参加したという形跡はないが、同じころに発表された島田の詩作品「労働の序曲」を読むと、大震災後の「東京の新しい風」を感じないではない。

早春の微風が
瘦樹を取り捲いてさざめいている
大地は乳色の靄を吐いて
白緑の歌の調べに顫へる麦の芽生えの上に
戯れてゐる

朗らかな朝の天地を抱いて
錦紗のやうな滑らかな感触をもつ土壌から
はち切れそうな力を掘り上げてゐる農夫の腕に
荘重な生命の鼓動が鳴りわたってゐる

おお、浄い労働の序曲だ
疲れた血を新鮮にする白血球が
今、熱い血脈のうちに生れる

五月九日のメモには「芝の田町にある経済通信社に入社」と書きこんでいるが、五月十一日には「芝の経済新聞社を退く」と書かれており、まさに「三日坊主」であった。

五月二十七日には、

「編集済みの『新詩人』六月号を持って印刷所にゆく途中、京さんと綾さんに市ヶ谷見附で逢ふ。京さんは一昨日帰京した由。京さんを送ってから、綾さんの所にて十時まで遊ぶ。」

とあり、五月三十日には「印刷所の帰りに綾子を訪ふ」とある。綾子とは、どうやら「恋仲」のようである。このような調子で七月なかばまで、定職もなく、明け暮れている。その間、「聚英閣」から出版されていた「雄弁研究」という雑誌の編集を手伝ったりしているが、小遣い程度のものであろう。

また、七月二十六日には「人間芸術社の座談会に出席」、三十日には「芸術新聞の八月五日号の編集を手伝ふ」とも書かれている。当時の東京の二、三流のジャーナリズムでは、結構重宝されていたようだ。

八月に入ると直ぐ大阪に行き、天保山桟橋から船に乗って別府に渡り、母親ユクが湯治に行っていた湯の平温泉で遊んでいる。大正十三年八月六日、記録的な大暴風雨が宮崎から大分へ吹き抜けており、島田もそのことをメモしている。八月八日は母親と一緒に別府に泊まり、九日の夕方六時には黒土の生家に帰着している。十二日には、三男の節次も「五高のテント旅行」から帰ってきた。豊前地方には、十三日の孟蘭《う ら》盆の風習が今も残っていたからである。

楠本藤吉翁は『村の暮らし・ある小作農の手記』の中で、明治末から大正初期の「黒土村」の様子を、次のように書き残している。

「この地方では、十三日を『うら盆』といい、十四、十五、十六日を『盆』といっていた。月暦の十五日であるから、明るい盆である。盆といえば、必ず明るい月夜と決まっていた。盆が近づく頃は、田の草取りもすんで農閑期というところだが、盆の買物のために『叺打《かます》ち』が忙しかった。どの家からも、叺織機の音がけわしく聞こえて、騒然ながら活気があった。八月の十日ごろになると、中津に行くか、行商人からの買物である。

浴衣は家族全員に一人一枚は必ず買ったが、すべて木綿の白地に縞《しま》か絣《かすり》だった。娘には足袋、幼い娘にはリボンを忘れなかった。子供には手ぬぐいと扇子、それに下駄はおきまりだった。この頃から盆までが、着物の手縫いである。大家族の女手が一日に三枚縫い上げたら夜が明けていたと話していたが、これが毎年のことである。

　十三日は、仏壇にお飾りをしてから家中の掃除と仕事場をかたづける。屋敷中の草取り、道路を掃いて盆を迎えた。午後は、田舎名物の小麦の饅頭作りである。十五日は、赤飯を『はんぎり』に山盛りいっぱい炊いた。盆のうちは全戸精進料理で、魚も肉も生臭いものは一切食べなかった。だから、魚の行商人も来なかった。肉屋は表戸を閉めていた。

　十三日の夕方、暗くなってから『仏《ほとけ》迎え』の墓参りである。新しい浴衣に新しい下駄、父も母も姉も白い浴衣である。行き交う人も白地の浴衣。提灯に火を付けて、お参りしてから周囲を見渡すと、電灯のない闇の中の墓地は提灯の明かりでそれはそれは美しかった。家族みんなで『美しいなあ』と、その夜景に見入った。」

　この情景描写を、島田の詩作品と比較するとき、島田の観念性は明白である。散文と詩文の違いだと言われても、楠本藤吉翁の放つ土のにおいは本物であると言わざるを得ない。

　八月三十一日、熊本の五高へ戻る弟節次と共に、島田は故郷を出発した。途中、大阪、奈良、伊勢をめぐって、東京に着いたのは九月四日の夜半であった。こうして見てくると、早大在学中となんら変わらない東京生活である。

　この年、谷崎潤一郎は「大阪朝日新聞」に三月二十日から「痴人の愛」を連載して、耽美派の健在を示した。北原白秋は四月に前田夕暮、土岐善麿《ぜんまろ》、小泉千樫《ちかし》、釈迢空《しゃくちょうくう》、木下利玄《りげん》らと「日光」を創刊、六月には小牧近江、青野季吉《すえきち》、金子洋文らが「文芸戦線」を創刊するなど、震災後の文化活動も漸く復活進展の機運にあった。だが一方では、福岡の夢野久作が「東京人の堕落時代」に書いているように、東京の夜の街頭では「秘密写真」を売る男たちが現れたり、生活のために「秘密画」を描く画家が増えたりしていた。上流家庭でも「家庭教育フイルム」などと称して「卑猥フイルム」の上映会が開かれたり、大通りの事務所の地下室から「変体性欲用具」なるものが発見されたりした。新帝都の裏面の文化的な堕落を、夢野久作は次のように揶揄している。

「震災直後の東京ではライスカレー一皿で要求に応じた女が居たと甲《たれ》も乙《かれ》も云ふ。（中略）彼ら東京人は食物に飢ゑたやうに性欲にも飢ゑ渇いた。其烈しい食欲と性欲は、彼《か》の灰と煙の中でかやうにみじめに交易された。

彼らの自制力は地震で破壊された。」（「東京人の堕落時代」）

「先づ暗い色のセメント壁に、白いペンキ塗りの窓がある。其処へ生蛮人の腰巻見た様なカアテンがブラ下つて、其蔭に十五銭位の草花の鉢が置いてあれば、間違ひ無い文化住宅と云つてよろしい。」（「街頭から見た新東京の裏面」）

島田らの遊蕩生活の背景にあった新帝都の実情を、夢野は痛烈に皮肉をこめて描いている。そこで、次の島田の詩作品をどのように解釈すればよいのであろうか。

初秋のしつらえた
沈静な寝床に
嵐に幹を折られたトマトが一つ

恥骨を失った女の
いぎたなく寝疲れた姿を見せて
夕陽の下に貧血に呻いてゐる

この「トマト」という題の小品に、島田が何を込めようとしたのかよく分からない。仮に島田の心象風景であるならば、島田のデカダンも極まる所まで極まったと言えるのではないか。また、次の「暮れゆく空」には、そのデカダンがもっとよく姿を現している。

淡紅に烟る野の果ての大木からは
蕩児の燻ゆらすマニラ煙草の微笑が
ゆらゆらと立ちのぼってゐる

荘厳な夕陽は
今、金色の夢に入らうとして
山の端に瞬いてゐる
うつろいやすい秋の空に
私は官能の恣薬を貪りながら
麝香と没薬の香気に包まれて

空に漂ふ恋の爽快を呼吸する

ここからは、島田のもうひとつの顔であった「憂国の雄叫び」が消えている。この年の秋、帝国キネマは映画「籠の鳥」（監督・松本英一）を製作し、それがヒットしているところを見ると、島田の詩作品に漂う風俗性は、大正末期の民衆のやるせない心情の反映でもあった。

また、「ストトン節」や「月は無情」に代表される「はやり歌」の流行を余所《よそ》に、日本の津々浦々で労働争議が頻発していた。一月は沖電気、三月は足尾銅山、五月は博文館、大阪ガス、鉄工因島《いんのしま》から九州の三池製作所へ飛び火し、六月になると帝都東京の森永製菓、野田醤油、日本セルロイドという具合に、「同盟罷業《ストライキ》」の火の手があがり、全国で二百九十五件にも及んだ。

更に、農村の小作争議に至るや、一千五百三十二件に達した。このような時代の流れに背を向けるようにして、島田の遊民生活は続く。私が例の「島田メモ」から写したノートにも、次のように書かれている。

「十一月三日、高円寺の文化住宅へ移転。十一月七日、登和子、玉井の家を出る。文化住宅の第五号に入ることにして掃除をなす。十一月九日、初めて新居に泊る。」

島田のこの時代を語る人がみつからないので、この「登和子」が何者か知るよしもない。

この時代の文化住宅は借家の最先端を行く物件であり、定職のない島田ごときの住めるようなところではなかった。谷崎潤一郎著『痴人の愛』に登場する主人公ナオミの彼（譲治）は月給百五十円の高給取りであるが、文化住宅を借りるのに「五十円」もの家賃を払っている。しかも、譲治は電器会社に勤める三十二歳のエリートサラリーマンであった。

島田は内幸町に住む叔母に二百円の借金をし、文化住宅の敷金と家賃に百円入れて、あとは所帯道具と生活費に使った。そして、明けると大正十四年、島田メモは次のような書き込みから始っている。

「一月十日、日本民謡会の第一回同人会を南天堂で開催、出席。一月十一日、『新詩人』の復活号を仮編集、ダダ詩を始む。一月十四日、秋山君の紹介で文明社に『新詩人』の印刷を頼む。」

そこで、この頃の島田の詩壇交友について、若干触れておきたい。高見順著『昭和文学盛衰史』の第二章に、次のように書かれている。

「追分町のその道を左にちょっと入ったところに、その頃、初音館という三階建ての下宿屋があった。その二階の一室に、林房雄でない林政雄が細君と下宿生活をしていた。その林政雄の前の部屋に壺井繁治《しげじ》が、これはひとりでいて、同じくまだ独身の小野十三郎もその二階にいた。三階には神戸《かんべ》雄一がいた。この初音館が『ダムダム』の発行所だった。そして発売所が白山上の南天堂書房であった。

松岡虎王麿《とらおうまろ》――面白い名前なので今もって忘れない、この松岡虎王麿のやっていた南天堂という本屋（出版社でなく書籍販売の本屋）の二階はレストランになっていて、『ダムダム』の同人をはじめとして、ダダイスト、アナーキストのたまり場になっていた。学生の私も、ダダイスト気取りで時折その南天堂の階段を昇ったが、夜はきまって、常連の間で喧嘩があった。派手な乱闘もあった。（後略）」

「南天堂」の説明をするつもりで書き抜きを始めたが、ついつい長い引用になってしまった。この頃、詩壇では新時代のエースが次々に登場して来た。北川冬彦、大木篤夫、八木重吉、萩原朔太郎、堀口大学らに伍して脚光を浴びた一人に萩原恭次郎がいた。この萩原と島田は、「民衆詩派」の時代から交友があった。萩原は島田より一歳下の明治三十二年生まれで、群馬県の前橋中学に在学中から島田と同じく「秀才文壇」の投書家であった。萩原が詩集『死刑宣告』によって詩壇の新旗手となるや、島田も負けじと勇躍した。それが「ダダ詩」への挑戦となったが、前々頁に揚げた作品「暮れゆく空」のように島田の「ダダ詩」は成功しなかった。次に、萩原恭次郎の作品を一編だけ紹介してみよう。以下は「畑と人間」と題された詩篇の第二、第三連である。

土は飢え渇いて
固い野良の種子は残り
埋められた麦種子は霜げる
課税は重く　苦しまぎれの咳をしている畑
大鎌を握って立ってゐる人よ!

土を嫌って都会にはなれた人達
再び故郷に帰れない娘たちの農具は
畑に食ひ入って飢餓をそだて
草の中に　こはれたまま
赤さびて棄てられてある

明らかに島田より現実的であり、即物的な手法が光る。少なくとも、島田の詩作品よりも足が地に付いている。

高見順の『昭和文学盛衰史』を読んでも分かるように、この頃の学生や若い詩人志望者たちの趣向は、一律に「ダダ詩」に漬かっていた。しかし、島田には八木重吉の宗教性も北川冬彦の思想性もなかった。もっと言えば、堀口大学ほどの世界性もなかった。その上、萩原恭次郎ほどの具体性もないとすれば、島田の行く道は野口雨情の後塵を拝するしかなかったのである。

一方、島田が東京放浪にうつつを抜かしている間に、世の中は厳しさを増していた。大正十四年は、政治的な局面から見ても、特記すべき年であった。三月二日に衆議院に於いて「普通選挙法案」が修正可決されたが、三月七日には悪法中の悪法と喧伝される「治安維持法」が可決されている。激しい民衆の政治運動や労働争議に対して、政府は「治安維持法」を以って対抗したわけである。これが「大正デモクラシー」といわれる時代の表と裏である。

また、この年は講談社の大衆雑誌「キング」が発刊され、七十万部ものベストセラーを記録するなど、日本の大衆文学界にひとつのエポックを画した。「キング」の売り上げに刺激されたかの如く、白井喬二、長谷川伸《しん》、直木三十五《さんじゅうご》、土師《はじ》清二、江戸川乱歩らによって大衆作家の親睦機関「二十一日会」が発足した。

「文芸愛好家ならざる読者、何の文芸的素養のない人間、そういう人の考えること感ずることが、人間の考えで無いと誰がいい得ようぞ。それを愛する本質的の博大性を持っている人のみが、選ばれたる大衆作家だ。」

という白井喬二の発言（尾崎秀樹著『大衆文芸地図』より）は、東京放送局の本放送開始に伴うラジオの普及と共に、大衆文化の勃興に油火を注ぐものであった。大震災によってひとたびは廃墟と化した東京も、日本橋周辺を中心に華々しく復興しつつあった。その上に、来るべき昭和初頭の大衆文化が花開くわけである。

第十三章　結　婚

島田は大正十四年の暮れに、三度目の東京撤退をした。つまり、今度は一年八ヶ月ぶりの帰省である。明けて、大正十五年の新春は母方の祖母の死によって始まった。三日の葬儀が終ると、島田は別府に赴いている。「島田メモ」には「一月五日、別府に滞在中の野口雨情氏を訪う」とのみ書かれてあるが、この雨情との会見が島田を発奮させた様子で、半月後の一月十九日にまた上京することになった。

そこで、野口雨情の年譜（『定本野口雨情』第八巻所収）をめくってみると、大正十四年五月に小林愛雄《あいゆう》、葛原しげる、松原至大《みちとも》らと「日本作家者協会」なるものを起こし、同時に「童謡詩人会」の設立にも参画している。六月には北原白秋、川路柳虹《りゅうこう》、三木露風、白鳥省吾、西條八十、竹久夢二らとともに『日本童謡集』を編纂刊行している。大正十五年に入ると、一月から「幼年倶楽部」に新しい童謡の連載も開始した。このころ雨情が出版したエッセイ集『童謡と童心芸術』を読むと、童謡に心血を注ぐ雨情の昂揚が手にとるように分る。島田が別府で逢った頃の雨情は四十五歳の男ざかりで、日本各地を訪ねては民謡の発掘をし、新民謡の創作にも熱を入れていた。

「島田君、これからがわれわれの時代だよ。新しい大衆芸術の時代が、もうそこまで来ているではないか。君のような有為の青年が、このまま田舎に埋もれてなるものか。日本のジャーナリズムは、今から大きく発展する。君らのような、若い才能をこそ待っているんだよ。島田君、しっかり頑張り給え。」

この言葉は、あくまでも私の想像である。この時に雨情がどんな話をしたか、資料はない。二十七歳の島田に諭した言葉は、もっと辛いものだったかも知れないが、結果として島田の再起を促したのはまちがいないようだ。

一月二十日に島田が高円寺の文化住宅に帰ってみると、留守番役のつもりで頼んでおいた余田という男が、島田の再上京はないと踏んだらしく、衣類など金になるものは全部持ち出していた。翌日、近所の質屋から夏物だけは探しだすことができた。仕方なく「九州時論社」に侘びを入れ、「工場評論社」とかけもちで、生活の建て直しをしなければならなかった。

さすがに、四度目ともなると、父も母も甘いことを言うはずがない。しかし、東京の方も一度かけた不行跡は、そう簡単に拭い去ることは出来なかった。結局、「九州時論社」とは縁が切れることになり、三月五日になって日本橋の「ある通信社」に再就職している。

一方、父碩之助は東京在住の親族や知人の情報で少し心配になり、母ユクと上京して来た。その結果、島田は高円寺の文化住宅を引き払い、下戸塚の次男道夫の下宿に同居することになった。つまり、碩之助は道夫を見張り役にしたつもりだったが、五月十四日に二人が帰郷すると、その翌日、水道橋のライオンハウスに一人で移住している。その費用はどこから出たかということになると、母ユクのふところ以外には考えられない。

後に島田の妻になる村川光子が、このライオンハウスを初めて訪ねたのは、この年の六月十八日のことである。その頃の島田のモダンボーイぶりは、詩人仲間でも評判だったそうである。

「そのころの島田先生の第一印象といいますか、人柄や雰囲気は、どんな感じでしたか。」

「そうですね、眼が異様に光っていました。そして、口から出るのはほとんど雨情先生の話で、童謡への意欲を感じました。でも、そのころはどこか人間が荒れて見えました。」

「そうしますと、一目ぼれといった感じの出会いではなかったわけですね。」

「むしろ反対でした。そのころのわたしには男友だちの一人もなかったし、まだ女子師範の学生でしたからね。」

光子は、その東京府立女子師範学校に入学して直ぐ生田花世《はなよ》に師事した。島田に出会ったころは、すでに「女流詩人会」のホープであった。島田の存在は『郵便船』の出版の頃から知っていたらしく、島田が中心になって発行していた「新詩人」の愛読者の一人でもあった。光子が島田に近づいた因子は、どうやら生田花世の夫・生田春月《しゅんげつ》とのかかわりに発しているようだ。戸田房子著『詩人の妻・生田花世』の中に、次のような叙述がある。

「春月が長篇小説にとりかかっているあいだ、花世は彼の重要な助手をつとめていた。まだ三十歳そこそこの世間の狭い春月には、女性を描く場合に知識がなくて途惑うことが多かったから、小説に現れる女の服装、言葉づかい、所作について、花世はいつも助言した。原稿の清書や口述筆記もし、時には意見を述べて、春月が書き直すこともあった。

彼らは三年ほど前から牛込区天神町の、小部屋の多い借家に住んでいた。庭の青桐の大木が枝をひろげて陽を遮るので、その家は昼間でも薄暗かった。その暗い家で、春月と花世は仕事本位にひっそりと暮していた。夜はもちろんのこと昼間でも、春月は外光をさけて、書斎の窓はカーテンで閉じ、スタンドの灯で机に向っていた。（後略）」

島田は生田春月の詩集の愛読者であり、それまでに何回か逢っていたようである。そう言われてみると大正時代の牛込区天神町は、早稲田文化圏の内庭ともいえる場所だ。島田が春月を訪ねて行ったときに、たまたま光子が花世を訪ねて来ていたとしても不思議ではない。また、光子の実家が牛込にあったことも、「島田メモ」に記されている。

村川光子のペンネームが「深町瑠美子」だったと本人から伺い、尾形明子著『女人芸術の人々』を調べてみた。

「昭和六年六月に生活感情社から出された横田文子の創作集『一年間の手紙』は、そうした時代の作品を小説、戯曲ともに四篇づつ収めたものであり、生田花世、掘江かど江の序文を持つ。作品そのものは『反逆―失意、失敗。失敗からの反逆反逆―これが私の過去の大半だ』と、自序でいうほど気負ったものでなく、ヒューマニズムに貫かれた若い時代の習作といえよう。七月号の『女人芸術』には、深町瑠美子の詩集『闇を裂く』と並んで、『一年間の手紙』が紹介されている。（後略）」

詩集『闇を裂く』の出版は光子が生田花世に師事してから十年後ということになるが、「戦争中に疎開をしたり、母が持っていたものが黒土の実家に無いとすると、多分、火事の時にでも焼けてしまったのではないでしょうか」ということであり、ついに詩集『闇を裂く』にまみえることはできないまま、十五年の歳月が流れてしまった。

さて、話は大正十五年の七月三日に戻る。この日の「島田メモ」は、「光子、二度目の訪問。夜、市ヶ谷見附まで送る」としてあり、七月十日には「光子来訪。夜遅くまで語り、遂に泊る」と書いてある。

歌人の安仲光男に、「熱烈な恋愛結婚だったらしい」という話は、前もって伺っていた。それにしても、ライオンハウスを初めて光子が訪ねた日から数えても、わずか二十日である。それからのことを、「島田メモ」は次のように記している。

「七月十一日、午後、光子を送って市ヶ谷まで行く。七月十二日、『東京自治新聞』創刊の話が具体化し、佐藤君と一緒にやることになり、ライオンハウスに事務所を置き、女子事務員を五名入れて仕事を始む。午後、光子来訪。風呂敷包みを持って来る。夕方帰す。七月十三日、光子との同棲生活に入る。七月二十三日、光子の実家に初めて行く。」

村川光子は明治三十七年四月八日生れで、父豊三郎、母はま。八人の兄弟姉妹の上から三番目。父方は佐賀鍋島藩の士族。当時、父豊三郎は三井工業の技師であり、父も母も敬虔なクリスチャン。光子の話では、男女関係には厳しいものがあったという。その父母が、二人の同棲をよく許可したと思ったが、その辺が大正デモクラシーの空気とでもいうべきか。

「自分が文学者として生きていくためには、君のような女性が必要である。自分はこれまで、多くの女性関係が確かにあったが、これからは君一人だ。神に誓ってもいい。」と、島田は熱烈に光子への愛を告げたと聞く。「神に誓ってもいい」という言葉は、どこかジゴロの「殺し文句」めいていていないだろうか。しかし、今はそれをいうときではないだろう。次の島田の作品を読んで貰いたい。

美しい夜の艶情を
暖かい床の上に緩《ゆる》やかにほどいた私は
瑞々しい黒土の庭に出て
新麗なる朝の大気を満喫する

すんなりと露に濡れたコスモスは
おっとりとした静景の中に点綴し
大地におりた朝靄は
刻一刻とうすれてゆく

台所の玻璃戸を洩れる
妹のカタコトさせる音は

懐かしい余韻をあたりに流し
軒をめぐって昇る朝餉の煙は
オリトマールの空に
ほのぼのと微妙にひろがってゆく

この作品に漂うむずがゆい空気について考える時、私の脳裡を複雑な思いが交錯する。幸福の情緒に浸りきっている島田の姿と同時に、ついに島田も鉾を収めるときが来たかという思いが伝わってくる。新妻との生活の充足感をこのようなかたちで披瀝してしまった男が、ふたたび社会変革に出発できるかどうかということである。妻の光子はこの先に詩集『闇を裂く』を発表するが、島田はどんな作品を世に問うつもりだったか。

ともあれ、このときの島田の心情に嘘があった筈はないわけで、七月三十一日の「島田メモ」は、「昨日、家を探しておいたので、駒沢へ引っ越す」と書かれている。この駒沢の家を訪れたことのある野見山静子は、当時の思い出を次のように語ってくれた。

「小さな森の蔭にある一軒家でした。前方一面に畑がひろがっており、静かな田園風景といったところでした。今の駒沢あたりからは想像もできないほどのんびりした空気があり、武蔵野特有の風景でした。」

以下は「島田メモ」の続きである。

「八月一日、駒沢の新居での第一日。所帯道具を買いととのゆ。八月四日、丸ビルにカーテンを買いにゆく。八月七日、玉川に花火を見に行く。八月八日、牛込のお母さん、初めて来訪。九月十一日、光子の病気も癒り、少し落ち着いたので、半年のあいだ捨てていた詩作に熱中する。九月十五日、一人で玉川へ散歩に行き、釣をする。十月九日、結納を交す。」

実妹静子の回想によると、父碩之助は当初、二人の結婚に反対していたそうである。島田家は代々浄土真宗本願寺派「光林寺」（小笠原千束藩の菩提寺）の檀家であった。長男の嫁がクリスチャンの家庭の出でよいか、碩之助は気になったようだ。だが、それらのすべてに先行したのは、これ以上息子に独身生活をさせると、何事をしでかすか分からないという不安である。碩之助が重い腰を上げて上京して来たのは、十月二十七日のことであった。十月二十九日の「島田メモ」に、

「まず牛込へゆき、瑠美子と共に平河町（叔母の家）へ引きかえし、父上と初対面。皆で三越および松屋へ買物に行く。夜、父上と瑠美子と三人で、牛込へ挨拶に行く。父上を平河町へ送った後で、駒沢に帰る。」

昭和4、5年頃の島田光子

と書かれているところを見ると、一件落着ということか。

結婚式は十一月二日に行われた。

「午後三時、漸く仕度が出来た。五時霹町で写真をとり、大神宮へ行く。七時頃、式をすませて大松閣で披露の宴をなす。九時半、平河町にかえり、それより光子と二人で自動車に乗り、駒沢へかえって新婚第一夜に入る。」

この駒沢時代の思い出話を、光子本人がしみじみと回想するのを、私は黒土の島田家、通称「木陽荘」（島田が名付けたという）で聞いたことがある。

「それはまあ、ひどい貧乏生活でした。島田には定職らしきものはないし、原稿は毎日、たくさん書いていましたが金にならないものばかり。とにかく現金収入がありませんから、おかずを買う金がない。近所の農家から大根や芋などを貰ってきてですね、まるで菜食主義者のような毎日でした。それでも、二人とも若かったからできたことでした。」

貧乏生活とは言いながら、二人には「文学の夢」があった。そして、昭和三年に長男の暎一が生まれるまで、子育てからまぬがれたことも二人には幸いしたようである。

大正十五年十一月十五日の「島田メモ」には、「来春、詩集『農土思慕』を出版すべく編輯」と書いてあるように、翌、昭和二年五月に『農土思慕』は出版された（大正十五年十二月二十五日に大正天皇が崩御したので、昭和元年は五日で終った）。詩集の序文にも、その時代のあわただしさが幾分か反映しているように思う。

「私の詩集『農土思慕』が、ここに恙無《つつがな》く出た。この一巻は、極めて多角的な芸術衝動の一面を如実に物語るものである。（中略）マーカンティズムや、主義主張に捕われた愚かなミリタリズムや、ドグマ的なイデオロギーに堕して、私は私の詩根を枯すほどの偏狭さを好まない。

それが新理想派であれ、立体派であれ、未来派であれ、或はアナキズムであれ、ボルセビィズムであれ、それが真実の詩のプロパーから生れ、叫ばれ、詩に生きようとするのっぴきならぬ声であればよいと思っている。

古い美学のカテゴリーは、ひとたまりもなく破壊された。中央集権的な詩壇は解体した。詩壇的意識を抹殺し、パロキアリズムの殿堂を破壊して、偏狭なるイズムの小ぜり合いと不純な情実関係から詩を救い出さなければならない。私は自由詩のテロリストだが、詩をして最も愚劣なる寝言の誇張たらしめたくない。詩を鋭利に磨きあげながら、明日の詩へと突進したい。病める詩壇は葬られ、今は新しき詩界展開のその前夜だ。（中略）

土に生き自然に生きる我々は、土を基調とし、大地の中心に曳かれ、地心に吻《くち》づけながら真実の詩の開拓へ進むべきである。幻覚の途上に、詩の国を描くのではない。農土に秘められた原始のスピリットと、農民の真摯なる姿と襟度を顕揚したい。単なる自然への讃歌を唄うのではない。社会的経済的に、苛酷なる重圧の下にある農民を救うために民心を鼓舞したい。（後略）」

九州人特有の気負いとでもいうか、島田の詩壇批判には一人相撲の感が強い。たとえば、「私は自由詩のテロリストだ」という言葉にしても、『愛光』の序文と本質的に変わっていないように思う。「病める詩壇」とは、具体的にどこを指すのか分かりにくい。また、「あとがき」に「これまでの長い詩作生活の間、いろいろと好誼を寄せて下さった野口雨情、白鳥省吾、萩原恭次郎、新居《にい》格《いたる》、秋田雨雀、井上康文、中西悟堂、その他の諸氏にあらためて謝意を表したい」と書いているが、この人々と「中央集権的な詩壇」とはどう違うのか。このメンバーが当時の日本詩壇に占める位置を考える時、島田の詩壇攻撃がどのあたりに照準があったのか、私には理解し難いところが多い。

そこで、「農土詩派」を名乗る島田の作品がどの程度のものであったか、次に書き抜く。

黄いろい晩秋の日射しのもとに
隈なく耕鋤された黒土が
広々とした視野を
忍苦の重々しい色調で埋めてゐる
蒼空の下に
ただ黙々と無限と絶対のみを瀆《みつ》めて
豊穣なる思ひに
永久不変の調和を夢みてゐる
実に土こそ作為なき自然であり
具象不変の自然である
嫉みなく、 怒りなく
無心にして無心ならざる具象である

虚偽と奸智と欺瞞の余りに多い
人間生活の小窓から
この作為なき虔しき大自然の具象を覗ふ時
至真至純なる大地と美と
叡智と認識とを超越した直観の境地を発する

創造主の摂理によって
大地の湿りと大気の温みを糧として
母胎たる農土へ芽ぐむ微細な植物の一葉を想ふ時
万物の母胎たる墳墓たる土への
永遠の思慕はとうとうと湧いてくる
（中略）
農夫達は
苛酷な重圧の下に隠忍しながら
ひたすら農土のもつ純真さを培ひながら
隔意なき大地の大慈悲に抱擁され
生物生長の神秘を感じながら
土と光りと、汗と力との合奏の裡に
美はしき収穫の日を期待する

農夫にとっては永遠の宝庫であると共に
万物にとっては至純な生命の源泉である農土に
私は朝に夕べに
尽きぬ讃仰と永遠の思慕をおくる

問題は、『農土思慕』一巻の相も変わらぬ観念性に島田自身がどれだけ気付いていたかということである。そこで、大正十五年七月に出版された渋谷定輔《しぶやていすけ》（当時十九歳）の詩集『野良に叫ぶ』を読むとき、おのずから島田の位置と視点が明確になってくる。

枯枝《かれつこ》をふろしきにつつんだように
骨と皮だけにやせこけた牛よ
〈人間のため〉のみの生産に
残酷きわまる労働をしいられている牛よ
おれはおまえのその骸骨のような尻を
ぴしゃり　ぴしゃりとむちうつたびに
感慨無量に胸はふさぐ
四本の足に食い入ったヒルは
トウガラシのように真っ赤にあからんでいる
むちうたれるままに反抗する気力もなく
〈いやさ　過労のためにその力をことごとく奪われてしまってだ〉
腹までひたる深いどぶ田を

やっとこ　やっとこ
たいぎそうにのたくる
お前のその悲惨な姿
その姿は
現代社会で下積みにされている
無自覚なおれたちの姿そのものだ
牛よ
むちうつおれを
なんと考えているか知れないが
おれとてやっぱりおまえのきょうだいなんだ

この詩は、牛の悲惨を歌っているように見えて、最後の行でひっくり返す。島田のように、創造主の摂理とか、万物の母胎たる土とか、余計なことは一言も述べない。土とは、牛や農夫が耕してはじめて「土」だということの認識がある。この渋谷青年は、東京都下の南畑小作争議の現場から、泥土にまみれた農の現実を歌った。まさにこれは、有島武郎の遺言にも書かれていた「第四階級」の登場である。詩人の壺井繁治は、この詩集『野良に叫ぶ』の読後感を次のように綴っている。

「わが日本の詩壇において、今日の如く生産過多の時代は恐らくこれまでにないことであろう。しかも、それは単に量的に詩が多く生産されるというだけであって、それらの詩の殆んどすべてが、都会的な末梢神経より生れたものに過ぎない。一時、『民衆詩派』の抬頭によって、わが日本の詩壇にも都会人的な気質から離れた健康な詩が生れかけたが、結局、彼らの生活意識があまりに生温く不徹底なために、常に進行してやまない時代の動きに取残されてしまった。彼らは、田圃や農民をその詩の題材の中に取り入れながらも、ふところ手をして歌っているかのような観があった。
ところが、詩集『野良に叫ぶ』の作者渋谷定輔君は、そんな不徹底な民衆詩人と類を異にした小作人階級の最もよき感情と意志と信念とを代表した、一人の優れた農民詩人であることを否むわけには行かない。」（一九二六年九月記、「地方」十一月号所載）
大正十四年に出版された細井和喜蔵《わきぞう》の『女工哀史』に刺激を受けた渋谷らの出現によって、最早、島田らの「民衆詩派」は時代遅れになりつつあったのだ。結局、島田の『農土思慕』は詩壇に無視されてしまった。もともと、この詩集原稿の初稿は、大震災の時に行方不明になっていたと聞く。壺井繁治の「民衆詩派」批判は、そのまま島田を指しているかのようだ。

第十四章　昭和の開幕

昭和という元号は、「書経」の中の「尭典の章」にある「百姓昭明、万邦協和」からの出典である。これを意訳すると「国民明るく、世界は仲良く」という意味だそうである。そんな願いを込めた昭和が、十五年に及ぶ戦火と動乱の幕開けになると、誰が予測し得たであろうか。昭和二年二月一日付の「東京朝日新聞」に、「先生も泣かされる児童のカラのお弁当」の大見出し「吹きまくる寒風―霜枯れに泣く細民《さいみん》のこの頃」とサブタイトルの付いたレポート記事がある。

「深川職業紹介所には四、五百人、江東紹介所には約千人、玉姫町紹介所には約七百五十人が、毎日、まだ明けやらぬ凍てついた路上に人間市場を作って、買われて行くのをまっている。仕事は大概、復興局だの東京市の復興事業であり、全くの力仕事。賃金は一円六十銭から一円二、三十銭がとまり。多くの者は朝飯を食ってこないで、その日の賃金を前借りして、昼飯と朝飯を一度に済ますという。

前日から食わずにいたため、仕事中、高いところに上り目まいを起こして墜落、医者に担ぎ込まれ、与えられたパンを痛さを忘れてうまそうに食ったという話もある。

小学校児童などは、満足な下駄を履くものなどなく、片ちんばのものをはき、この寒空に単衣を重ね、弁当箱も体裁だけで空《から》のが多く、先生たちが思わず泣かされる様なことが一再でないということである。（後略）」

この記事の「細民」というのは、「プロレタリア」の日本語訳であった。「無産者」という言葉も使われていたが、この「細民」は、もう一段下の階層になる。昭和三年に製作された映画「大学は出たけれど」（小津安二郎監督）が描いているように、大学生の就職状況も、商社や銀行など主要二百二十五社も大不況で、卒業生約一万五千人に対して、わずかに三千二十四名が採用されたに過ぎない。

島田が駒沢で約一年間の隠遁生活、いや、新妻・光子との蜜月を切り上げて、池袋の街中の生活を始めたのは、昭和二年の暮れのことであった。光子の回想によると、次のようなことだった。

「島田も、相変わらぬルンペン生活で、定職がないので、質屋通いの毎日でした。そこで二人で相談して、何か二人で出来るような事業をいくつか考えました。その資金のことで、黒土の父に『お伺い』の手紙を書きましたところ、父碩之助から主人宛ての長い長い『便り』が来ました。長男のくせに、家を継ぐつもりは全く無いのかという深刻な内容のものでした。」

碩之助の心配は、暗い深刻な社会不安に発したもので、そろそろ「世継ぎ」の覚悟をして貰いたかったにちがいないのである。碩之助は六十歳であった。光子はそんなことがあって、昭和二年の秋に初めて島田の郷家を訪れた。この頃の島田家は、母ユク、三女、四女、四男の六人家族で、次男は東京に、三男は熊本の五高に在学中だった。それに母親のユクが病気がちのため、住み込みの女中が一人いた。その他、作男らしき人々が何人か出入りして、忙しそうに立ち働いていたという。

後に光子が語ったところでは、家屋敷の広さに驚くと共に、豊前方言でいうところの「世話盛り」で、地元の様々な役職を兼ねていた碩之助の威厳にも圧倒されたようである。光子はその時の第一印象として、「これは大変だ」と感じたらしい。このような先入観が後年、碩之助との対立の遠因になったようだ。結局この時は、東京で自分の詩集などを印刷する為に、また何千円か父母から引き出して帰京している。もちろん島田自身にも、まだ家を継ぐ気はなかった。

加太こうじ著『新版・歌の昭和史』に、大正末期から昭和初期の東京の風俗について、次のように要約している。

「明治を鉄と石炭の時代とするなら、昭和は電気とガラスの時代である。そして、のちには石油の時代という現代がくる。電気による新しいメディアとして、日本でラジオの一般放送がはじまったのは、昭和時代にはいる一年数カ月前の大正十四年春だった。昭和二年末には、日本最初の地下鉄が東京の上野・浅草間を走った。歌は世につれというが、歌に関係があることとしては、電気によるレコードの録音と再生があった。（中略）それから大量生産の七八回転シェラック製のレコードがつくられて市販された。それが、欧米で昭和二年から電磁気による録音になり、三年には日本にも移入された。（以下略）」

この電気録音による最初のヒット曲は、宝塚少女歌劇で歌われた「モン・パリ」（コロンビア）であり、野口雨情作詞、中山晋平作曲の「波浮《はぶ》の港」（ビクター）であった。この唄は、「はやりうた」

から「歌謡曲」への変遷を、日本人に明確に意識させた。つまり、日本における「大衆伝達」の使命を果たしたものと言ってよいだろう。その「波浮の港」の作詞者が「自分の尊敬する師」だったことが、詩人・島田芳文の胸を熱くした。

工業化によって貪欲化する支配層と、忠君愛国教育の徹底によって、さらに貧困化する被支配層の現実。そのモダンな風俗と古めかしい心情を、欲望をむきだしにする都会生活と都市の底辺や農山村民の心情を代弁して、かくも大衆の胸をゆさぶるその優しい言葉技に、若い島田は驚嘆したに違いない。そして、一作に一万円を越す収入があるという。その師の姿に憧れない方が嘘ではないだろうか。

また東京では、この年に改造社の『現代日本文学全集』が円本ブームを起こしていた。予約金一円、各冊一円で全六十三巻。昭和二年六月からの発売であった。各新聞に異例の大広告を掲載し、「我が社は出版社の大革命を断行、特権階級の芸術を全民衆に解放せんとす」といった具合で、市民の購買欲を煽りたてたのである。廉価販売が不況下の知識人層にアッピールして、予約が六十二万巻にもなった。この改造社の成功に続けとばかり、今度は新潮社が『世界文学全集』を企画して、約五十万部の予約を取り付けた。やがて、この円本ブームは「岩波文庫」の発刊を促し、昭和初期の文化の底上げに大きな役割を果たす。

しかし、大震災後の景気は見通し不安で、物価も低落し、生糸や綿織物などの輸出の減少が響き、日本経済はあえぎはじめていた。もともと日本の紡績企業は女工の低賃金や深夜業による過当労働という前近代的な経営の上に成立していた。前章でも触れたように、女工の大半が貧農出身であった。彼女たちの生活は「タコ部屋」同然であり、こうした女工たちの苦役に依存してきた日本の紡績産業は、欧米の機械化による経営の合理化に対抗し切れず、国際的な競争力を失いつつあった。結果は輸出の低落に繋がり、加えて、大半の輸出先であるアメリカの不況が、日本の景気の低落に追い討ちをかけた。

そんな情勢のなかで、島田は池袋に印刷屋「秀芳閣」を開いた。だが、なんとか飯が食えたのは、半年あまりに過ぎなかった。根っからの商売人ではない島田夫妻の印刷業は、所詮、蛸が自分の手足を食うようなものだった。そこで、また郷里に資金援助を頼むことになり、その上、光子が妊娠してしまった。

さてそこで、日本全土を揺るがした「ラジオ放送」の顛末にも触れておく必要があろう。二、三年の内に島田が巻き込まれてゆくことになる「レコード界」とも、深いつながりを持つことであるが、倉田喜弘著『日本レコード文化史』には次のように書かれている。

「ラジオ放送は、大正九（一九二〇）年にアメリカではじまった。その波紋はただちに全ヨーロッパへひろがり、一〇年にはフランス、一一年にはイギリス、スイス、ソ連、一二年にはドイツ、ベルギーというように、各国の空は新しい無電の波でおおわれはじめた。わが国でも各地で新聞社が実験をはじめる。そして一三年には、『いよいよ今年から無線電話の時代』（一月二日、東京日日新聞）と期待されるようになった。（中略）

だがラジオから派生する問題は、ひとり放送局内だけではなかった。大阪では文楽がもめたばかりでなく、浪花節の不出演声明。東京では日本交響楽協会の分裂や落語家の出演拒否など、芸術と生活をめぐってさまざまな事件が発生したのである。当然、レコードも、その渦中に巻き込まれた。」

「東京朝日新聞」も大正十四年四月十日付の夕刊で、職工の作業時間短縮を行った川崎市・日本蓄音器会社工場では、

「先にラジオ流行の打撃を蒙って、職工の作業時間短縮を行った川崎市・日本蓄音器会社工場では、今回さらに男工百三十五名、女工八名に対して、五月二十八日まで臨時休業を申渡し、(後略)」

ところが、ラジオの電気音響技術の向上に伴い、レコードの電気吹込み方法や蓄音機の音響技術も向上した。そこでアメリカビクター社は、日本ビクター蓄音機株式会社を設立し、価格二百九十五円の電蓄「オルソフォニック・ビクトロラ」の発売を始めた。大学卒の初任給が六十円か七十円ぐらいの時代である。いわゆる「細民」層には、とても手の出るしろものではなかったが、外資系の日本コロンビアが川崎に、日本ビクターが横浜に新しい製造工場を建てて競争になり、大正末に一枚一円五十銭だったレコードが、昭和の初期には一円二十銭に下がる。

このような状況を背景に、昭和三年四月、日本ビクター創立の第一回新譜として「波浮の港」が発売され大ヒットとなる。作詞野口雨情、作曲中山晋平による「ゴールデンコンビ」の誕生であった。暗い世相の中で、民衆はレコードにひとときの憩いを求めたのである。飲食店やカフェーは、こぞって「電蓄」を買い入れ、「電蓄」のある店に客足が向いた。

続いて、北原白秋作詞、町田嘉章作曲の「茶っきり節」、西條八十と中山晋平の「マノン・レスコオの歌」に「当世銀座節」、堀内敬三訳詞の「わたしの青空」「アラビヤの歌」、時雨音羽《しぐれおとわ》作詞、佐々紅華《さっさこうか》作曲の「君恋し」が発売された。特に、「君恋し」は近代流行歌の草分けとなった作品であり、戦後、フランク永井が唄ってリバイバルブームを起こし、レコード大賞まで受賞した。

さて島田は、この頃どんな仕事をしていたであろうか。古茂田信男他編『日本流行歌史』により、その存在を確かめておきたい。

「昭和の初期から、新民謡に正面からとり組んで書こうとする詩人が台頭し始めた。民謡が〈ひな歌〉であるという消極的な認識から一段と飛躍して、それを実生活から必然的に湧いてくるところの真剣なる芸術にまで意識を高め、民謡論の裏づけによって、さらに民謡運動の線を打ち出すものも出て来た。日中戦争勃発までの十年間は、〈新民謡の全盛時代〉で、その間に出た民謡の同人雑誌は、中央、地方を通じて百数十種を越えていた。中でも中央にあって民謡界の公器性をもって多くの同人を擁していたものに、藤田健次編集の『民謡詩人』、島田芳文主宰の全日本民謡詩人連盟機関誌『民謡詩壇』、松村又一編集の『民謡月刊』（後『民謡レビュー』と改題）の三つの大きな柱があった。『民謡詩人』と『民謡詩壇』は共に野口雨情を擁していたので、間もなく合流して『民謡音楽』と改め、新作の民謡曲をも掲載してますますその公器性を増していった。また別派として日本民謡詩人会の機関誌として『日本民謡』が発行されていた。少数ではあったが江口耕四郎・江崎小秋・大鹿照雄・鹿山映二郎・古茂田信男が同人で一派をなしていた。純然たる民謡詩ではなかったが、民衆詩を強調していた白鳥省吾主宰の『地上楽園』にも、月原橙一郎・国井淳一・松本帆平等の有力なる民謡詩人がいた。各誌で華々しい民謡論が戦わされた。（後略）」

島田が印刷屋を始めた裏には、このような新民謡や創作民謡の興隆があったわけである。「民謡詩壇」誌だけでなく、「秀才文芸」誌も「秀芳閣」で印刷し、昭和二年に第二民謡集『日蔭花』を、昭和三年には第三民謡集『萱野の雨』を自作出版している。また、昭和二年八月には歌集『秋草の心』

も出版しているようだが、私の調べた範囲では残存していない。「秀芳閣」の営業記録とはいかないまでも、印刷物の種類でも記録していれば交友の実情なども判明するが、島田家には一切残されていない。

昭和四年に入ると、レコード業界の競争に拍車がかかる。西條八十作詞・中山晋平作曲コンビは「鞠と殿さま」を、白鳥省吾と佐々紅華は「神田小唄」を、野口雨情と中山晋平は「紅屋の娘」を、長谷川伸と奥山貞吉《ていきち》は「沓掛小唄」を、時雨音羽と佐々紅華は「浪花小唄」をという具合にヒット曲が売り出されるなかで、最大のヒット曲は西條八十と中山晋平の「東京行進曲」であった。

その歌詞の一番「昔恋しい銀座の柳、仇な年増を誰が知ろ」というところも受けたが、四番の「シネマみましょか、お茶のみましょか、いっそ小田急で逃げましょか」のさわりが話題になった。「小田急」はもともと「小田原急行電車」であったのが、この歌の大ヒットで会社名まで「小田急」に変えてしまった。また、この第四節の歌詞は最初は「長い髪してマルクス・ボーイ、今日も抱える赤い恋」であった。

西沢爽著『雑学　東京行進曲』によると、次のようなエピソードに包まれていたという。

「昭和三年には、当局の弾圧にもめげず、日共の機関誌『赤旗』が創

「日本民謡詩人会」のメンバー。前列6人目が秋田雨雀、後列左から4人目が島田芳文（『日本農民詩史』上巻より）

刊されたが、この昭和四年にはプロレタリア芸術家連盟が結成されたり、四月には日共党員八百人の大量検挙があって世間を驚かせた。そしてプロレタリア文学の流行は、不況のどん底にあって、また時代の流れを先取りしようとする当時の青年たちの胸をおどらせた。

いっぽうに、アメリカ的軽佻なファッションに浮身をやつすモボ・モガがいれば、いっぽうには、ルパシカというロシアの上衣に、長い髪を靡《なび》かせて、まことに深刻そうな表情をした青年たちが、アレキサンドラ・コロンタイ女史の翻訳小説『赤い恋』を小脇にかかえて街をさまよった。（中略）

この小説は、西條八十が『今日も抱える　赤い恋』と書いた頃、すでに三十七版に及び（昭和二年初版）翌五年八十版に及ぶ大ベストセラーで、当時の日本の青年たちに、新しい恋愛論の示唆を与えて人気を集めたのである。」

これは誠に興味深い記述であるが、この西沢爽の文章を引用したのは、他に理由があってのことである。昭和四年四月、日共党員八百人が大量検挙され、この検挙者の中に東京帝大の社会学科に在学中だった三男の節次がいたのである。実妹静子の回想によると、

「熊本の五高から優秀な成績で東大に合格し、とても父は喜んでいました。父にとっては、島田家の希望の星でした。その節次が府中刑務所につかまっていると聞き、さっそく上京して、父と二人で何回も差し入れや面会に行きました。」

当時の東大は、吉野作造の指導による「新人会」の活動がいちばん昂揚した時期で、節次はその烈風を最大に浴びたと言ってよい。福岡県庁でも秋田県庁時代も、若い日に警察畑を歩いて来た碩之助は、その筋の知人が多かった。特に、「満洲三スケ」の一人といわれた鮎川義介とも昵懇であった。

警視庁への働き掛けもしたらしいが、長男の義文に次いで、節次までも「赤い風」に巻き込まれた碩之助のその悲哀感が分からないではない。

節次は、碩之助の尽力によって一年後に釈放されるが、東京でしばらくぶらぶらしていた。痛手の一番深かったのは、当の次兄である。昭和の官権はひとりの青年の向学心まで打ち砕いてしまった。結局、憧れの東大を二年で退学し、鮎川義介らの口添えもあったのであろうが、満洲へ渡った。

節次は戦後、大陸から引揚げて来て後しばらく農業をしていたが、豊前市制になって（昭和三十年）から市会議員に二期当選した。

さて、昭和五年は三十二歳になった島田芳文の頭上に希望の星がまたたき始めた年だった。野口雨情の要請もあって、五月に日本民謡協会主催の「創作民謡祭」に出した「野焼の唄」が好評を博し、ビクターから平岡均二の作曲、四家《よつや》文子の独唱歌としてレコーディングされた。これは島田芳文の名をレコード界に刻んだ最初の作品であり、大活躍を予感させる快挙となった。

一
燃ゆる想いの　裏木戸あたり
そっと出て見りゃ　野焼の煙り
誰がつけたか　ちらほろり
　よっちら　ちらちら　ちらほろり

二

なぜかいとしい　野焼の煙り
五月《さつき》宵闇　すかして見れば
誰かいるよな　いないよな
　よっちら　ちらちら　ちらほろり

三

向い小山の　ちろちろ野焼
胸についたか　煙くてならぬ
とても泪で　見る煙り
　よっちら　ちらちら　ちらほろり

妻の光子の回想では、この頃の生活が一番なつかしいと話してくれた。二歳になった長男の暎一を中にして、夫婦水入らずの時代であったことが忘れ難いのであろう。

「この子のためにも、頑張らなくてはね。」

と、島田はにこにこしながら机に向っていたそうである。しかし、相変わらずの貧乏生活で、郷里からの仕送りが頼みの綱であった。

この作品の成功に気をよくした島田は、ポリドール社から「稲刈りの音頭」と「豊年踊り」を発表する。どちらも作曲は須川政太郎、唄は辻弘子であった。

そこで、倉田嘉弘著『日本レコード文化史』の中の、次の一節を読んでもらいたい。

「震災からすっかり立ち直った東京市は、復興祭を催した。そのとき東京市庁は、四マイル四方に響くビクトロラを乗せた音楽電車を走らせる。松竹管絃楽団が搭乗し、奏でるは『交通行進曲』。歌詞には『恋なら今よ』とか、『東京はパラダイス』、あるいは『恋は進軍』などと、甘ずっぱい文句が配された。

かくして〝蓄音機成り金〟が生まれてくる。『東京行進曲』三カ月間の印税は、中山晋平約七、〇〇〇円。西條八十や北原白秋は約八、〇〇〇円。『田を作るより詩を作れ』といわれる時代を迎えた。歌手とて例外ではない。佐藤千夜子は約六、〇〇〇円の印税で洋行する。関屋敏子、四家文子らもほぼ同額。いきおい五万枚といわれたレコードは倍増する。」

だが、西條八十ほどの才能と変幻自在さを持ち合わせない島田は、相変わらず貧乏で、なぜか多忙であった。「島田メモ」には次のように書いてある。

「十月二十九日。藤田氏から、藤沢氏に逢って緊急役員会の日程を決めてくれと言ってきたので、朝、藤沢家を訪問。明日の晩に開くことにして、通知を出す。帰りに、佐々木さんを訪問、民謡祭の曲がなかなか出来にくい由。山内氏より来信あり、野口先生に逢ってよく頼んだ由。

十月三十日。コロンビアの貝塚氏から吹込分の作詞料が来ないので、懐中は空。後払いで、ようやく米を取る。夜、瑠美子も大塚のアパートに行くので、一緒に小日向台まで行く。役員会には藤田、久保田、藤井、藤沢、林、都築の七名。唄い手の顔ぶれが貧弱なので、藤本二三吉にあたる事にして、プログラムを決定す。完成した曲は十曲ぐらいで、振り付けが困る。

十月三十一日、時雨日和。懐中に銭なく、創作気分の落ち着かず。債鬼たかる。夜、郷家より三十五円の送金ありて、漸くほっとする。童謡『からすの提灯』を書く。

十一月一日。午後、藤田氏を訪問。林柳波《りゅうは》氏に逢う。民謡祭の下準備中の野口先生に『日本歌謡協会』の話を聞く。それより豊田君を大井に訪う。コロンビアの方へ手づるがついた由。夜、根津の銀行へゆく。それより山内氏を訪問。ポリドールへ五日提出する『麻雀小唄』『雨の利根川』『射的屋小唄』の歌詞の修正をなす。十二時近くに帰る。」

こうして「島田メモ」を書き抜いてみると、野口雨情を中心に歯車が回っていることが分かる。世に出るとか、有名になるということが、いかに大変なことかも分かる。

この時期の、野口雨情の「年譜」を読んでいると、花の季節を咲き盛るすがたが眼に浮かぶようである。

「昭和四年十二月、藤田健次の編集で民謡音楽発行所より発刊の『民謡音楽』の主幹となる。『啄木と小奴』を週刊朝日に発表。

昭和五年一月、金星堂刊『現代詩講座』の第七巻に『郷土童謡と郷土民謡』を寄稿。三月、新潮社刊『現代詩人全集』の第十一巻に『野口雨情自伝』を執筆し、『香住漁歌』ほか百八十五篇を収める。

十月、誠文堂刊『全国郷土民謡集』に『奥多摩音頭』ほか十四篇、十二月、春陽堂刊『明治大正文学全集』の第三十六巻に『雲の秋』ほか二十一篇を収める。」(『定本野口雨情』第八巻所収「年譜」より)

という具合で、すでに五十歳にならんとする雨情は生涯の成果を纏める段階に差し掛かっていた。あとは弟子たちが、いかに雨情の文学精神を引き継ぎ、その中にそれぞれの個性を表象して行くかということになる。昭和五年の晩秋から冬に掛けて島田がいかに働いたかを「島田メモ」から書き抜いてみよう。

「十一月七日、久保田君の雑誌『民謡時代』の原稿が来たので、二十四ページとして紙型に取り、三栄舎で印刷することにして、活字拾いにかかる。

十一月八日。午後、久保田君来る。前金、十円を貰う。一緒に千束町《せんぞく》の大鹿君の出版記念会に出席。

十日。『レコード世界』の十一月号が出来てきた。

十三日。コロンビアの米山さんに、前月十五日吹込みの作詞料を催促す。

十五日。コロンビアより横線小切手『二十円』来る。大家に十円入れて現金にこわし、米を買う。夜、協会にて『民謡祭』の最終役員会を開く。

十六日。正午より出かける。山内さんの所へ行き、『三崎音頭』『玉突小唄』『花の日笠』の三曲が出来てきたので、歌詞の打ち合わせをする。小雨しぐれる。湯山さんを訪問、民謡祭の切符を渡す。それから、日比谷公会堂の『民謡まつり』へ行く。

十七日。民謡祭がやっと終ったので、『民謡時代』の組版にかかる。夜は、久しぶりに瑠美子と牛込館の映画『アジアの嵐』を観る。

二十七日。夜、瑠美子は大阪ビル『女人芸術社』主催の中條百合子、湯浅両女史の帰朝歓迎会に行く。久保田君から六円の送金があったので、紙を買い、表紙二色刷の印刷終る。

二十九日。『民謡時代』の発送用の包装袋のアドレスを参百枚印刷。夜、林柳波氏の作品発表、『独唱と舞踊の夕べ』を見に行く。野口先生にお逢いし、民謡協会の今後の方針、及び『歌謡協会』の話をする。林柳波氏の態度についても、詳しく話す。

十二月一日。風邪で終日就寝。夜、新宿『白十字』で民謡協会の『秋季総会』を開く。会費が二円なので、夕飯を食べてゆき、食卓に連ならず。出席者、野口さん外十五名。林柳波氏除外の策を奏上す。」

この「島田メモ」により、この時期の島田の東京生活の多忙ぶりが判るし、「林柳波氏除外」の記述からは野口雨情をめぐる「派閥抗争」の一端も伺うことができる。

明けて昭和六年は、ようやく島田の「貧乏生活」に陽が差し込むが、日本は内外共にめまぐるしい展開を示す。東洋一を誇る清水トンネルが九月に開通し、日本の科学技術はさまざまな分野で世界に誇れるものとなりつつあった。ラジオの聴取者が百万を突破したのもこの年だし、航空機の国内生産も外国に自慢できるようになった。

しかし、農民と都市零細生活者を犠牲にした日本の工業化、近代化が急速に進む一方で、自動車が街に増えただけ人力車があぶれ、映画のトーキー化によって弁士や楽士が失業して行った。街には、西條八十作詞の「侍ニッポン」が徳山たまきの甘い歌声に乗り、日本国中に流れていた。主人公新納鶴千代のニヒルな生き方が大衆に共感を呼んだのである。

第十五章　雨情と雨雀

ここで、いささか余談になるが、島田光子に話を聞いて知った生田春月の死に触れておきたい。昭和初頭の芥川龍之介の死も文壇に深い衝撃を与えたが、昭和五年の春月の死も、主として詩壇に与えた影響は、陰鬱で底ぶかいものであったようだ。このことについては、第十三章で紹介した『詩人の妻・生田花世』の著者・戸田房子も書いているが、林えり子も『この人たちの結婚』でふれている。ここでは小松伸六著『美を見し人は　自殺作家の系譜』を中心にして、時代精神にも触れながら、少し掘り下げてみたい。

「詩人、作家生田春月は、昭和五年五月十九日夜、大阪発、別府行きの『すみれ丸』に乗船、深夜、瀬戸内海の播磨灘で投身自殺、死体は小豆島の坂手港に六月十日ごろ漂着。三十八歳であった。」

と小松は書き出している。また、

「自ら片隅の詩人と称し、さびしい哲人的な路をたどっていた春月氏の自殺は一様に詩壇文壇をおどろかしたが、最近の氏の作詩に現れる暗影や厭世的な思想は、氏の芸術上の行詰り、又は人生問題の昏迷とも見られていた矢先とて、偶然ならずとする人も多い。」

と書き、女流作家某との恋愛事件で、妻女生田花世との間も険悪な状態だったという「東京朝日新聞」の憶測記事も紹介している。しかし、小豆島の坂手港に生田花世と同行した島田光子は、

「花世先生の落胆の深さは、尋常ではありませんでした。その死さえ信じていませんでした。なにしろ、二十日以上も遺体が見つかりませんでしたから、先生は瀬戸内海の島のどこかに生きていると信じていました。」

と、そのときの混乱状態を私にいろいろ話してくれ、年上女房で鴛鴦《おしどり》夫婦だったとか、一時間近く懐かしそうに話してくれた。

だが、小松伸六と林えり子の評論を読んで後、私は「燈台もと暗し」の感を禁じ得なかった。島田光子の生田花世に対する尊敬の念が深ければ深いだけ、事実から目をそらそうとする心理がはたらくのだろう。小松伸六は次のように春月の死を惜しみ、花世夫人への「遺書」を紹介している。

「私にとっての春月の死は、彼が愛し、訳しつづけたドイツの詩人ハイネの『歌の本』におさめられている『叙情挿曲』の六十二の詩を思い出させる。（中略）

花世夫人（一八八八―一九七〇。旧姓西崎。小説家。源氏物語研究家）への遺書の内容は大体次のようなものだ。（中略）

とうとうこの手紙を書く時がきた。この手紙の着く時分には、僕はもはやこの世にはいないだろう。何だか積年の重荷をおろしたような気持がする。もっと生きて、家のことなどよくすればいいのだが、もうその力もなくなったのだから、ゆるして貰いたい。時代は変った。今切上げるのが、まだしも賢いだろう。この行詰りは、人間業では打開できぬことだ。一日生きのびれば、一日だけ敗北を大きくするばかりだ。いずれ後始末についての詳しいことは船の中で書くつもりだ。

五月十五日　大阪花屋にて

生田春月

花世様

今、別府行きの菫丸の船中にいる。今四五時間で僕の生命は断たれるだろうと思う。さっき試みに物を海に投じてみたら、驚くべき迅さで流れ去ってしまった。僕のこの肉体もあれと同じように流れ去るのだと思う。何となく爽快な気持がする。恐怖は殆ど感じない。発見されて救助される恥だけは恐ろしいが。（中略）僕は詩にもかいた通り、女性関係で死ぬのではない。それは、付随的なことにすぎない。謂わば文学者としての終りを実らせんがために死ぬようなものだ。この上生きたら、どんな恥辱の中にくたばるか分からないのだ。それも然し、男らしい事かも知れないとは思う。が僕は元来、男らしい男ではない。だから、これが僕らしい最期で、僕としての完成なのだと思う。（中略）鳥取の自由社で、今、講演するとなると、いかに自分が破滅しなければならぬかを、即ち白き手のインテリの悲哀についてしか言えないのだ。鳥取の方に詫びてほしい。僕はあなたの悪い夫であった。どうかこれまでの僕の弱さはゆるしてもらいたい。今にして、僕はやはりあなたを愛している事を知った。さらば幸福に。

五月十九日夜　　春月生

生田花世様

花世夫人への遺書のほか、当時の流行作家加藤武雄、アナキスト石川三四郎、第一書房の長谷川巳之吉、新潮社の中根駒十郎あての遺書を同じ五月十九日に書いている。さらに船中で、〃自分はマイナァ・ポエットに過ぎないが、マイナァ・ポエットとしては模範的な人間、こうしたつまらない詩人は、文学史的の価値はとにかく、その人間的な弱さや、愚かさ、醜さによって、多少の興味はあるだろうと思う〃（「デスマスク」）という遺稿詩をのこしている。私などに言わすと、おどろくべき速筆だ。これほど、死の直前に、自分の死について多く語った自殺文学者は珍らしいのではないか。（中略）

私はこんど『生田春月全集』（全十巻）を通読して、小説は別として、かなりの文学者だと思った。とくに感想評論集四巻は、正宗白鳥と、ほぼひってきする面白さがある。（後略）」

ここまで読んで私は、多分、島田光子は春月の遺書は読まされていなかったと想像した。あるいは生田花世が、春月自殺の時点では遺書の公開までしなかったのか。それにしても、この遺書ほど時代の激流を感じる文章はそうざらにあるものではない。つまり春月は、芥川龍之介とは違って、あきら

かに「敗北の文学」を自覚していたということである。そして小松伸六は、

「またその訳業のなかには、有名なハイネ、ゲーテ詩集は別として、昭和二年にトーマス・マンの『ゲーテとトルストイ』（「大調和」）を訳しているのには驚いた。もちろん本邦初訳であろう。ドイツ文学者としての春月の仕事は再検討されるべきだ。（後略）」

とも書いている。

林えり子の『この人たちの結婚』からも、少し書き抜く。

「春月の女性関係は、ロマンもへったくれもない、淫行そのものだった。

サン・ピエルの『海の嘆き』、ツルゲネフの『春の波』などの翻訳者として次第に名が売れ、『感傷の春』、『霊魂の秋』などの詩集も出し、ゲーテやハイネの訳詩集も愛読され出すと、彼の許に弟子入りを希望する娘たちが、前にも増してやってきた。

そうした娘たちと春月は情交を結んだ。（後略）」

それではこのあたりで、島田光子が所属していた「女人芸術」の満三周年記念号（昭和六年七月一日発行）に、話を移したいと思う。

平林たい子「文芸時感」、神近市子「抬頭せる反宗教運動」、松村清子「戦線を行く者—職場から」、松村喬子「組織されゆく自由労働者」、白柳秀湖《しらやなぎしゅうこ》「道徳に唾《つば》する人々への話」、富本一枝「女人芸術よ、後れたる前衛となるな」、野上弥生子「当然の前進」、笙千鳥「時雨さんと女人芸術」、生田花世「多くの誕生—詩」、今井邦子「地上の歌—短歌」、松田解子「地主と失業者—小説」という具合で、目次

を拾っただけでも時代の趨勢が分かる。女性中心の同人誌であるから、女性の自立とその闘いがメインテーマである。まだ女性に参政権のなかった時代の論調は、最近の婦人雑誌にはない先鋭さが光る。末尾の「編集後記」の横に、次のような紹介記事がある。

「詩集『闇を裂く』深町瑠美子著・これは深町瑠美子氏の第一詩集である。装幀は熱田優子。文選、組版、印刷、一切が著者の手になる特種な詩集だ。印刷部数二百、あとは絶版だといふ。定価八十銭。発行、東京牛込天神町三四、秀芳閣出版部」

これを読んだだけで、深町瑠美子こと島田光子の心意気が分かるようだ。また、「編集後記」の次のような五行の記事にさえ、編集責任者の長谷川時雨の姿勢を感じてならない。

「『女性闘争史』を待っていた読者よ、お願いした白柳秀湖氏から、まず随筆をと『道徳に唾する人々への話』が寄稿された。編集部より違約をおわびする。」

当時、この「女人芸術社」は牛込区左内町にあった。島田の「秀芳閣」とはいくばくもない所である。女人芸術社は、女闘士たちの「梁山泊」と言ってよかった。

一方、島田芳文の昭和六年といえば、「キャンプ小唄」と「月の浜辺」がコロンビアから発売された年である。「キャンプ小唄」は古賀政男のコロンビア入社第一作ということで大きく宣伝され、国内でのヒットはもとより、アメリカでも流行した。特に「月の浜辺」のセラミック風なギターの調べが、アメリカの若者に受けた。日本のレコード界でも、ようやく作詞家・島田芳文の名が売れ始めていた。しかし、時代の風は満洲を中心にして、いよいよ国内にも吹き荒れはじめていた。

話は少し前後するが、昭和三年三月七日の『雨雀日記』は、次のように書かれている。

「雨が小降りになり、九時前に眼をさました。すぐ公会堂（天王寺）へゆく。会衆四、五百名。各地の農民代表がきていた。浅沼、田所、平野、岩井（弁護士）、布施、川口唯彦その他の諸君もきた。開会、杉山元治郎が議長の席についた。各友誼団体からの祝辞、メッセージ。ぼくは全国無産者芸術家団体協議会（ナップ）のメッセージを読んだが、すぐ中止を命ぜられた。休憩後、一時から再開。左右のちょっとした乱闘、各支部の報告、中止に続いて中止―左翼の圧倒的勢力。夜、山重講演会―非常な活気、ぼくもすぐ中止。浅沼君への妨害あり。浅原健三君の活弁式の演説、野次、中止、お芝居的検束。（全国農民組合大会）」

この『雨雀日記』を読んでいて分かることは、官権側の「中止命令」の続行であり、それも「お芝居的検束」ということ。また、私が手許に蒐集した資料「新時代雄弁―農村篇」（昭和六年八月八日発行）に、このころの名演説の内容が、高津正道によって編纂されている。内容まで紹介するとなると厖大なページ数を要するので、「演題」のみとしたい。

「高橋亀吉―農村窮乏と其の打撃は今後更に激化する、片山哲―第五十九議会闘争報告、稲村隆一―資本主義文明と農村、大山郁夫―反動的小作法案を粉砕せよ、石田宥全―農業恐慌と農民の使命、杉山元治郎―農村貧窮化の原因、小池四郎―国際モラトリアムより、そのまま農村モラトリアムへ。松下芳男―小作農は二重に搾取される、三宅正一―豊年飢饉論、浅沼稲次郎―未だ組合に入らざる農民に訴う、田所輝明―農村窮乏打破闘争、堺利彦―二大米泥棒（謙信と信玄）」

「女人芸術」の主張が「人権闘争」にウエイトを置いているとするならば、この「新時代雄弁」は「生活闘争」の主張と言ってよいだろう。そこで、後者を代表して、島田の生涯の友人であった三宅正一の「豊年飢饉論」と題された演説の要旨を書き抜いておきたい。

――諸君、永遠の繁栄をうたはれしドルの国アメリカより襲来せし、深刻なる、しかも破局的なる世界恐慌の浪に呑まれ、加ふるに金解禁恐慌、農業恐慌をともなひたる我が国最近の経済不況は、実に惨憺たるものであって、農村の窮乏、永久的な失業者の大量生産、知識階級の就職難、中小商工業生産者の没落、ひいては親子五人心中や一家心中の続発、刑務所の大繁昌、嬰児殺し、淫売の激増等々、言ふにしのびざる悲惨事は、日常続発して我らを苦しめ、為に起る民衆の生活防衛の闘争は、政府官権の力によって蹂躙されるといふ情態であります。――

三宅正一は、当時「労農大衆党」の中央執行委員と全国農民組合の常任委員を務めていた。この三宅の「豊年飢饉論」を読んで、私は時代錯誤に陥りそうであった。それから七十年経った今も、農村の実情は根本的には変革されていない。むしろ、日々過疎化してゆく日本の農村は、もっと救い難い情態になってきたように思う。

そこで、話は昭和五年の新春に戻る。次に書き抜くのは、昭和五年一月の『雨雀日記』である。

「一月一日、晴。別府で眼を覚ました。少し、眠りが足りないようだ。宿で屠蘇を出してくれた。皆で揃って朝食を終えた。一柳君来訪。長松寺へ皆で行き巨石文化（ドルメン）をみた。形は少しく不完全ではあるが、ドルメンに相異ない。大分県は、日本では最も古い文化を持つ土地らしい。大友宗麟の事績をきいた。キリスト教文化と大友の歴史は、興味のあるものだ。午後、横山、山中の二女史と宇佐へいく。十四、五里の道を自動車で二時間を費した。宇佐の境域は立派だが、神宝はたいしたものではない。大友の兵火にやられたらしい。しかし、参道は立派だ。神殿の前の渓谷もいい。夜の七時頃かえった。」

「一月二日、雨。九州は雨が多いそうだ。入浴。今日、はじめて砂風呂へ入った。（中略）夜、進歩的な教育者の工藤君、佐藤及び炭坑にいた池田の諸君が遊びにきた。皆で、映画の将来やプランについて語る。着想。

一月三日、ようよう晴れた。今日こそは、九州での最初の活動日。皆で大分新報社を訪い、東主筆、菅原一見君たちに逢った。夜、別府公会堂で最初の講演。公会堂は立派だが、スチームがないのでひどく寒かった。野口雨情君は、石川啄木の話をした。石川という人間は、嘘つきだったと言った。話の材料は面白いが、観察に不徹底なところがある。自分は、最近の文学と演劇についてという題で、ソビエト・ロシアの文学と演劇及び映画について話した。」

ここまできて、一行の中に野口雨情も参加していることが分かった。さて、どのような講演旅行になるのであろうか。

「一月四日、晴れ時々曇り。一行は午後一時に別府を出発。大分市を通過し、臼杵《うすき》の町に入る。臼杵は美しい静かな城下町だ。四百年前、ポルトガルの居留地があった所。フランシスコ・ザビエルが宣教をした所。教会や神学校のあった所。大友宗麟の居城もみた。ホルトの木といわれている榆檻の樹があった。青い実をつぶしてみると、オリーブ油の香がした。図書館で座談会。講演会は劇場であり、五百人以上の聴衆、講演者と聴衆の接触が保たれて、いい夜だった。

一月五日、晴。（中略）佐伯小学校で一時から講演。寒い、すてきに寒い。（中略）七時過ぎに別府に着いた。『亀の井』はヨーロッパ式のホテルで、立派な食堂がある。中野正剛君に会った。」

秋田雨雀と政治家・中野正剛が、知人とは知らなかった。「すてきに寒い」などと書いて、いかにも楽しそうである。

「一月六日、小雪。午後一時に別府を出発、中津に向う。ステーションからすぐに野口君と二人で郡の公会堂に臨み、談話をした。男女の教師三百名ほどだった。（中略）夜は公会堂で講演会、聴衆は二、三百名。終ってから、耶馬溪会館で石丸兄弟たちの座談会に臨んだ。新興文学会の二名も参加した。高本屋に泊る。

一月七日、寒い、小雪。朝十時過ぎ、西氏の案内で耶馬溪に行く。（中略）競秀峰の岩の形は、やっぱり立派だ。河水の色もすてきだ。羅漢寺は岸壁をえぐって建てた古びた寺院。少なくとも三、四百年は経っている。地獄極楽めぐりは幼稚なもの。夜、物産会館で講演会。臨鑑《ママ》がついた。野口君が恋愛の話をしたら注意を受けたが、自分は注意を受けなかった。面白い現象だ。」

多分、官権の「臨鑑」は秋田雨雀の発言を警戒していた筈だが、ノーマークの雨情の方が「注意を受けた」という。まことに官権というものは、いいかげんなものである。「面白い現象」ととらえる雨雀の感性がまた面白い。

「一月八日、晴。八幡の小集会に招かれた。八幡は日本の資本主義的、ミリタリズムのシンボルと言っていいところだ。正規職工一万五千人、雇い一万五千人。労働時間は十時間、平均賃金五十円など、温情的設備につとめている。社民優勢、大衆党もかなりある。労農系微弱、最左翼（評議会系）は地下的。（中略）

一月九日、晴。福岡は博多と合併した町で、人口二十万近くの大都市。『福日』で、二十年ぶりに加藤介春《かいしゅん》君に逢った。頭がほとんど白くなっていた。(後略)」

加藤介春は福岡在住でありながら、「全国区」の詩人であった。この時、雨雀四十八歳、介春とは二十八歳以前からの交際があったことになる。ちなみに、雨情の年齢を調べて見ると同じ四十八歳、二人とも円熟の境地に差しかかった時期である。

二人はこの後、唐津に行き、十三日には久留米。十四日には、雨の中を熊本入りした。熊本から再び大分経由で別府に着き、十九日には再び臼杵で遊んでいる。よほど臼杵が気に入ったらしい。東京に帰着したのは、結局二十二日であった。この旅で、雨雀は雨情と話す機会が多く、また、お互いの講演に耳を傾ける時間も多かったわけであるが、雨雀は雨情に対し「あまりに詩人的」という印象を改めることはなかったようだ。これは、二人の根底的な芸術観の違いにあると言ってよく、雨情の文学が人の「情」に訴えるウエットな体質だったのに比し、雨雀は社会主義思想を基軸にして、人間の理知に訴えてゆく乾いた演劇的体質という点である。

島田が最終的に雨情の文学を継承してゆくのは、島田の思想というよりも体質に根ざしたものであった。そこに島田の栄光があり、島田文学の限界もあったと私は見る。

また、妻の光子も生田花世に師事して、折角「女人芸術」の人々と交際をはじめたのに、「女人芸術」の終焉と共に、その後の交際に濃密なものがないのは残念である。光子は島田よりも「都会っ子」であったから、長谷川時雨との交際が続いていたら、もっと別の才能が開花したのではないかと思う。そこで、『文芸復興期の才女たち　近代日本の女性史』に書かれている長谷川時雨の人となりを、円地文子の文章で紹介する。

「長谷川時雨は劇作、小説、随筆にと多方面な活動をつづけたが、彼女の資質に最も適したものは、『美人伝』と、自分の生い立ちを描いた『旧聞日本橋』の二つであろう。戯曲の方は『桜吹雪』など題材的には面白いが、妙なロマンチシズムがあってやはり古い感じがする。本質的には実業家で、政治力のようなものもあった。

前半生は、お母さんを手伝って旅館や料亭の経営をいろいろしていました。後半生では『女人芸術』でしょうね。いわば、ハイライトでした。私は中支の旅行に一緒に行ってから親しくなりましたが、それまでは別格の存在だった。そのせいか、女の悪口を長谷川さんから一度として聞いたことがない。人間的に、ある大きさを持った珍しいタイプの女性でした。三上於菟吉（作家・林不忘）にも、本当によく仕えていました。三上さんというのは、色白でちょっと気味の悪い感じの人でした。（中略）あの頃は、講演会場に警官が何人も来ていて、ちょっと不穏なことを言おうものなら、直ちに中止をかけた。長谷川さんは舞台の裾の方にいつも居て、警官が中止の声を掛けようとすると、『まあまあ、もう少し話させておあげなさいよ』と、実にもの柔らかに止めるのである。貫禄があって、女侠客の感がありました。」

いわば、女文士の親方であった。長谷川時雨の傘下に育った人々、とくに、平林たい子などの泰然自若とした雰囲気は、多分、長谷川の影響であろう。島田光子の姿勢の良さを思い出すとき、やはり、長谷川時雨の薫陶を思わずにはいられない。

そこでこの際に、野口雨情のことも付け加えておきたい。生田花世と光子の間柄以上に、雨情と島田が濃密な間柄だったことは、前章で少し述べた。とにかく、島田がレコード界に首を突っ込んでからは、金魚の糞のようにして雨情の後を追いかけるしかなかったのである。

未来社から出版された『定本野口雨情』の「月報2」のなかに収められた住井すゑの「雨情ぼとけ」と題された小篇のなかで、山川亮（歌人・山川登美子の実弟）のつぎのような回想が紹介されている。

「雨情さんとご交際を願ってから、三回めか四回めかの訪問の時のことである。八月の土用の暑いさなかで、その日は別に用事もなく、ただ何ということなしに雨情さんを訪ねてみたくなって、日暮里から省線で、はるばる吉祥寺の雨情さんのお宅に足を運んだ。お宅につくと、丁度、外出の支度で玄関に立ってゐられる雨情さんに出会《でく》はした。雨情さんは『これから銀座へ用達しに行くのですが、一緒に来ませんか』と言われて、私もそのまま雨情さんのお伴をすることになった。（中略）銀座裏の小料理へ連れて行かれた。土間に机がならべてあって、その周囲に板の腰掛けがある。板前の向うでは禿頭のオヤジが、客と応待をしながら忙しく包丁を動かしている、と言った風の江戸前な小料理屋である。雨情さんは酒飲みの客に共通した、そういった『うまいもの屋』の小店に通暁していられた。如何にも楽しそうにチビリチビリと酒を飲まれる。一向酒の味を解しない私は、雨情さんの酒の相手にはなってない無粋な人間なので、雨情さんも終《つい》には『そうですか、それでは何か食べるものにしますか』とニコニコ笑いながら『酒をやられないのは残念ですな、犬田さん（筆者註・住井すゑの夫）は相当強い方ですな』と言われた。その店に二時間ばかりもいて、また少し行くと『一寸、ちょっと』と私を止めながら、また一軒の縄のれんの店へ入って行かれる。（後略）」

こうして山川亮はその日一日、雨情の「梯子酒《はしご》」のお伴をして、銀座から日本橋、神田、外神田へ出て、下谷末広町、黒門町と飲み歩く雨情と共に、更に上野山下から御徒町へ出て、駒形橋まで来た時は夕方になっていたという。最後は駒形橋の脇の老舗「どじょう」に入り、雨情はここでもチビリチビリを続けた。山川はここで「へこたれて」雨情と別れるのだが、雨情にはその先があるようだったと書いている。典型的な「梯子酒」だった。

島田光子の話では、島田の酒は淡白なものだったというが、雨情とのつきあいになると、夜更けになったそうである。「丘を越えて」がヒットすると、さすがの島田も、つきあい酒が多くなったようである。豊前市明神に嫁いでいる島田の長女末延洋子の話によると、「父も結構のんきな父さんでしたよ」と、私に話してくれた。人は父の背中をみて育つというが、弟子も師の背中を見て成長するのではないだろうか。

第十六章　故郷の風

長尾直《ただし》著『流行歌のイデオロギー』の力を借りて、昭和五年から十年代の島田の周辺、東京の空気に触れてみよう。長尾はこの著書の第二章「東京行進曲論」の中で、この時代の東京を次のように捉えている。

「浅草的世界から銀座的世界へ帰って来た恋人達は、銀座的世界のモラル——家父長制家族制度の規範——に縛られなければならない。浅草的世界と銀座的世界とは質的に相違する世界であり、その距離は無限大であるが、浅草と銀座の地理的距離は——近代的交通機関の威力の前には——余りにも小さい。故に浅草的世界から銀座的世界に移動する場合には、強い摩擦抵抗が発生する。『恋のストップままならぬ』理性が衝動を抑え兼ねる。

『シネマ見ましょかお茶のみましょか

いっそ小田急で逃げましょか』
大正時代の『行こか戻ろか　オーロラの下を』（中略）の昭和版であるが、『いっそ小田急で逃げましょか』——まだ幾分かの余裕がある。この危機意識は、昭和五年の『人を斬るのが侍ならば　恋の未練がなぜ斬れぬ』、『侍ニッポン』新納鶴千代の唄で高潮に達する——命取らうか　女を取らうか　死ぬも生きるも　五分と五分　泣いて笑って　鯉口切れば　江戸の桜田　雪が降る——。哀愁のヴェールを被りながらも、ギリシア的な調和性・完全性を基調としていた西田哲学が『危機意識』を前面に押し出したのが、昭和六年の『哲学の根本問題』であった。（中略）

伝説によれば、この歌詞の部分は、最初は『長い髪したマルクス・ボーイ　今日も抱える赤い恋』となっていたのを、レコード会社が『マルクス』の文字が当局の忌諱に触れることを恐れたので、西條八十が即座に書き直したといわれている。即興であるせいか、この部分は特に生彩があり、『恋の丸ビル……』『あなた地下鉄　私はバスよ』と共に、最も大衆に愛された句である。」

これは、歌謡曲を素材にして世相を把握したものであるが、次に紹介する藤田圭雄《たまお》著『日本童謡史〈1〉』は、童謡の世界から当時の世相に切り込んだものである。

「昭和四年三月に鈴木三重吉の『赤い鳥』が休刊すると、その四月にすぐ『新興日本童謡詩人会』が大分市大道町五丁目六四二の童仙房にて結成され、後藤楢根《ならね》、島田忠夫、鹿山映二郎、平木二六《じろう》、島田芳文、玉置光三、青柳花明、一ノ瀬幸三、加藤輝雄、古村徹三、武田幸一らを集めて『童謡詩人』が創刊されている。」

この「童謡詩人」の創刊につづいて、その翌年、つまり昭和五年四月十五日に「年刊新興童謡集・

一九三〇年版」が発行されている。そこで、大分県立図書館まで出向いたが見つけることができなかった。右記の『日本童謡史』には、河井酔茗《すいめい》、川路柳虹《りゅうこう》、鹿島鳴秋《めいしゅう》、葛原しげる、西條八十、佐藤惣之助、サトウハチロー、白鳥省吾、野口雨情、浜田広介《ひろすけ》、福田正夫、三木露風、横瀬夜雨《やう》ら錚々たる人々に交じって、島田芳文の名前も登場するところを見ると、すでに童謡詩壇ではかなりの名声を得ていたと考えてよいのではないか。この童謡集の編集委員として後藤楢根、長尾豊、平木二六、玉置光三らの名前が出ている。この人々の中で、「大分県人史」に名を残すのは後藤楢根のみで、この人は後年上京して、中央でも活躍し、著書も五冊ほど残している。

島田が歌謡詩人として頭角を現していたことは前章でも述べたが、この時期になると「童謡詩人」としてもかなりの活躍をしていた。『紅殻とんぼ』（昭和五年八月刊）、『雀の唱歌』（同六年五月）、『たぬき橋』（同六年十一月）、『どんどろ坂』（同九年七月）、『お山の便り』（同十三年五月）といった具合に計五冊の童謡詩集を、どれも三版から五版も発行している。その間、「どんどろ坂」を藤井清水《きよみ》が作曲し、「トンキリ飴屋」を陸奥明、「春の喇八」を河村光陽、「ポンポンダリア」を山中直治、「つくつく法師」を山本芳樹、「いねむり仔猫」を長谷川堅二らがそれぞれ作曲し、レコーディングまでもされている。しかも、童謡集『どんどろ坂』は、日本レコード協会版と表紙に印刷されている。

さて、昭和六年はついに島田の「丘を越えて」が世に出た年である。

「丘を越えて」の作詞は、実は「明治大学マンドリンクラブ」の「クラブ歌」として作曲が先行していたもので、古賀政男とレコード会社の企画に、島田芳文が乗るかたちで成立した。古賀政男はこの曲の成立の経緯を『我が心の歌』に書き残している。

「実は、私がこの曲を書き上げたのは、それより約二年前の明大卒業の春のことであった。マンドリンクラブの学生たちといっしょに、小田急沿線の稲田堤にハイキングに行った。桜がちょうど満開であった。貧乏学生たちの楽しみといえば、焼酎と相場が決まっていた。当時は、今みたいに清酒を飲むことはすくなかった。この日も、私は焼酎を一本下げて出かけた。

ハラハラとこぼれる桜の花びらをさかなにして、九州でよくやったように、焼酎に砂糖をかきまぜて、しこたま飲んで酔っぱらい、さんざん唄って騒いで、その日も暮れた。

下宿に帰って帽子を脱ぐと、ビジョウのところに桜の花びらが一枚はりついている。この花びらをじっと見つめているうちに、昼間の楽しかったハイキングの情景がよみがえってきた。学生時代の最後の花見かー。二度と帰らぬ若さが、かぎりなくいとおしくなってきた。そのとき、軽快なマンドリンの音が頭に響いてきた。頭の中のメロディは、つぎからつぎへと面白いように変化していった。私はマンドリンを取り上げて、楽譜に写し始めた。」

このマンドリン合奏曲には、古賀はもともと「ピクニック」という題をつけていたそうである。「酒は涙か溜息か」の吹き込みのあとで、藤山一郎が、「次の歌は、なにか軽快なものがいいですね」と述べたとき、二年前に作った「ピクニック」が頭にひらめいたという。そこで古賀はさっそく、「キャンプ小唄」でコンビを組んだ島田芳文に、「嵌め込み作詞」の依頼をした。こうして生まれたのが「丘を越えて」であった。だから、この歌の軽快な響きは、もともと曲の素地であり、青春時代の「実感」である。

古賀政男からこの曲の誕生の経緯を聞いた島田芳文は、稲田堤に何回も出向いて作詞に没頭したが、季節は秋であった。それが、春の桜のシーズンであったならば、曲の誕生時のニュアンスにもっと近づくことができたのではないかと思うと、少し残念な気がする。だから、歌詞の二番はつぎのようになっている。

丘を越えて行こうよ
小春の空は麗《うら》らかに澄みて　嬉《うれ》しい心
湧くは胸の泉よ　讃えよわが青春《はる》を
いざ聞け　遠く希望の鐘は鳴るよ

この時の小田急沿線に広がる麦畑や桃畑の情景を、私は島田光子に伺ったわけであるが、その話の中には昭和六年に勃発する「満洲事変」の気配すらなかった。また、「丘を越えて」の題名は、当時上映されていた洋画のタイトルと、当時ベストセラーだった賀川豊彦の『死線を越えて』からヒントを得たものだと、光子は話してくれた。

「奥さん、この頃の島田先生は、レコードの印税だけでもかなりの金額だったのではないですか。」

と、私が島田光子に訊ねてみたところ、

「お蔭で、この時代が島田の名声も収入も最高でした。でもね、人間そんなに良いことばかりは続きません。黒土の父が友人の事業の失敗で保証をかぶり、銀行にたくさん借金がありましたの。島田は父に泣きつかれて、何万円か送金しました。永いこと、父上には御援助いただきましたから、仕方のないことでした。そんなこんなで、東京ではずっと借家住まいでした。でも、世の中は不況だし、生糸は大暴落するし、東北を中心に農村の恐慌も深くなるばかりで、なんとか食べて行けるだけでも喜ばないといけない時代でした。」

たしかに、不況に冷害が重なり、東北地方では娘の身売りが続いていた。全国の争議件数も、昭和五年には二千二百八十九件にも上った。そんな中で、富士紡川崎工場の大煙突（高さ四十五メートル）に登り、争議の貫徹を叫ぶ「煙突男」まで出現した。このことについて、昭和六年一月号の「改造」に堺利彦が次のような文章を書いている。

「俳句のユーモア、狂句の皮肉、川柳の痛快味。それがあの男の、あの仕事の上に結晶された。彼は実に階級闘争の即興詩人であり、即席画家であり、即演俳優である。あのやり方はすなわち、漫画の実演であり、漫談の演劇化であり、時事短評の映画化であり、前衛短歌の実践化でもある。

彼は新聞社の写真班にスナップされつつ、自分で自分のストライキをスナップした。大衆の力を煙突の上に集中させておいて、それを具体的に、自分の一身に表現させた。そこに彼の誇りがあり、満足があった。そしてそこに社会的効果があり、影響力があった。もちろん彼は、場合により、その一身を投げうつ覚悟をしていたろう。

島田家の敷地内に建立された
「丘を越えて」の自筆詩碑

いな、むしろ心中ひそかに、その興味にそそられる時もあったろう。人間のこと、つまりは生き方であり、死に方であり、命の使い方、捨て方である。『野郎、やったなあ』『日本一のユーモリストよ』と言いたい。（後略）」

さて、話は少し飛んで島田の昭和九年頃の東京生活に移る。この年は、昭和六年の「丘を越えて」を上回るようなヒット曲「急げ幌馬車」が出た。作曲は江口夜詩。

日暮れ悲しや　荒野は遥か
急げ幌馬車　鈴の音《ね》だより
どうせ気まぐれ　さすらい者よ
山はたそがれ　旅の空

なぜこの時代に「さすらい股旅もの流行歌」が多量に作られ、しかもかなりの大衆需要があったかということになると、簡単には説明がつかないが、やはり、暗い世相からの「現実逃避」の一面があったことは否めない。他にも、この翌十年に久保田宵二作詞「夕日は落ちて」という唄がヒットしている。こちらは、ベテラン中山晋平の作曲である。どちらも「旅情」の唄というよりも、人生的な「漂泊感」が強く打ち出されている。島田の「どうせ気まぐれ　さすらい者よ」にしても、久保田の「故郷をすてた　旅ゆゑに」にしても、青春の放浪性というより、暗い世相からの「逃避感覚」に充ちている。そして、唄の背景は北海道か、満洲の曠野などを連想させる要素がある。ちなみに同じ昭和九年にヒットした大木惇夫《あつお》作詞の「国境の町」では、「ロシアの星」という歌詞を、レコード会社が国際関係を考慮して「他国の星」に変更した。一方で昭和九年、十年ごろまで「丘を越えて」も民衆に唄われていたという。このあたりに「丘を越えて」が軍歌の登場を用意した歌謡曲だという誤解が発生したのではないか。大木惇夫は白秋門下の詩人であるが、同じ白秋門下の詩人である久保井信夫も「愛馬行進曲」を作詞し、福田正夫も「愛国の花」を作詞している。しかし、島田は白秋系の詩人と交流した形跡はない。師の野口雨情や劇団「民芸」の創始者である秋田雨雀、親友・三宅正一の思想に殉じ、一曲の軍歌も作らなかった。

それから、少し余談になるが、名作「急げ幌馬車」は昭和九年の発表当時も大ヒットしたが、戦後も青木洸一、小畑実、都はるみ等によって唄い継がれ、ヒットしている。また、同じ昭和九年には、韓国の蔡奎燁という歌手が「紅怨涙」と改題して唄い、レコード化までされている。詳しくはパク・チャンホ著『韓国歌謡史』を読んでもらいたい。

また、この昭和九年は、島田の身内でも種々のことが起った。まず、十月二十日に島田の母ユクが五十九歳で他界した。

さらに、友人の土木事業に関係しているうちに、頼まれて保証人になった碩之助が、その友人の倒産騒ぎに巻き込まれた。初代節平が倹約で財を築き、官僚育ちの世間知らずだった二代目がつけこまれたのである。だが、三代目の島田芳文は郷家を捨てきれずに、父の負債を黙々と支払った。昭和六年から十年頃までの売れっ子時代の収入が、ほとんど碩之助の負債にあてられたのだ。

以下は、末延洋子の回想である。

「小学校に上る前の年に私は上京しましたが、父母は相変わらずの借家住まいでした。当時のお金で、何万円もの収入がありながら、借家から借家へ引越し、幼い私は何回引っ越したか覚えていないほどです。」

つまり、これは長男の宿命であった。そして、島田光子の悔しさというか、妻としての慙愧の思いも深く理解できた。次男や三男の妻ならば、背負うことのない負債だったからである。

そこで、私は機会を見つけて全盛期を迎えた島田の、この当時レコーディングされた作品を調べてみた。以下は、その全容である。

昭和六年

「キャンプ小唄」（作曲者・古賀政男、歌手・藤山一郎、コロンビア。以下同様）／「月の浜辺」（古賀政男、河原喜久恵、コロンビア）／「スキーの唄」（古賀政男、藤山一郎、コロンビア）／「美しの宵」（古賀政男、関種子、コロンビア）／「窓に凭れて」（古賀政男、関種子、コロンビア）／「丘を越えて」（古賀政男、藤山一郎、コロンビア）

昭和七年

「山は招く」（佐藤吉五郎、中野忠晴、コロンビア）／「野分の唄」（佐藤吉五郎、関種子、コロンビア）／「高原の唄」（古賀政男、中野忠晴、コロンビア）／「キャンプ小唄」（田村しげる、立石秀子、キング）／「菅平スキー小唄」（杉山長谷夫、中野忠晴、コロンビア）／「伯耆大山の唄」（佐藤吉五

郎、佐藤吉五郎、コロンビア）／「希望の丘」（坂東政一、藤山一郎、コロンビア）
昭和八年
「乙女の春」（古関裕而、関種子、コロンビア）／「濡れて咲くのは」（近藤政二郎、関種子、コロンビア）／「水藻の花」（佐藤吉五郎、関種子、コロンビア）／「島の御神火」（近藤政二郎、中野忠晴、コロンビア）／「恋の大島」（佐々紅華、藤本二三吉、コロンビア）／「君に逢ふとて」（大村能章、中野忠晴、コロンビア）／「雪の高原」（佐藤吉五郎、佐藤吉五郎、コロンビア）
昭和九年
「急げ幌馬車」（江口夜詩、松平晃、コロンビア）／「恋の旅笠」（大村能章、結城浩、タイヘイ）／「キャンプの夢」（古関裕而、中野忠晴、コロンビア）／「若人の唄」（服部良一、中野忠晴、コロンビア）

という具合で、ここまで書き抜いて思うのは、単にレコーディング出来たからといって喜べないのは、今も昔も同じだったということである。つまり、ヒットする条件は、作詞家、作曲者、歌手の三本柱はもちろん大きな要素であるが、需要者側の問題というか、時代背景への考察も充分に研究されなければヒットに繋がらない。ちなみに、特にヒットした作品を抽出してみると、まず昭和六年の「丘を越えて」、昭和七年の「山は招く」「キャンプ小唄」、八年の「恋の大島」、九年の「急げ幌馬車」である。

素人の私が考えるのは、歌手の選択である。「丘を越えて」の藤山一郎、「山は招く」の中野忠晴、「キャンプ小唄」の立石秀子、「恋の大島」の藤本二三吉、「急げ幌馬車」の松平晃といった歌手は当時新鮮なキャラクターだった。しかし、「唄い手」の要素だけかというと、玄人筋の話を聴くと、「大衆の要求」というか、「時代の要請」に如何に応えるかという課題があったようだ。つまるところ、「歌は生きもの」だということであり、最後は「企画力」ということになる。

さて、昭和十年である。

「弥栄おどり」（大村能章、佐藤寿、キング）／「もつれ髪」（江口夜詩、赤坂小梅、コロンビア）／「ハイキングの歌」（古賀政男、楠木繁夫、テイチク）／「夕べ仄かに」（古賀政男、松島詩子〈ディック・ミネ〉、テイチク）／「夢が本当であったなら」（竹岡信幸、豆千代、コロンビア）／「夢の浮橋」（江口夜詩、豆千代、コロンビア）／「スキー行進曲」（古関裕而、中野忠晴、コロンビア）

民衆の生活はいよいよ苦しく、中国大陸からは「きな臭い」戦火のけむりが流れてきた。そんな中で、国は「歌舞音曲」に神経を尖らせはじめていた。赤坂小梅、楠木繁夫、松島詩子らの新鮮な「唄い手」を揃えても、なかなかレコードが前ほどには売れなかった。因みに、この三人の歌手は戦後の昭和二十年代に大活躍する面々である。

いよいよ昭和十一年、「二・二六事件」の勃発した年に入る。

「白樺焚いて」（細川潤一、角田義勝、キング）／「白樺月夜」（島田逸平、松島詩子、キング）／「愛の旅笠」（大村能章、喜代丸、タイヘイ）

という具合で、この年の新作は三つだった。

昭和十二年

「仰ぐ北満」（深海善次、波岡惣一郎、ビクター）／「還らぬ戦友」（深海善次、徳山進、ビクター）

ところで、「仰ぐ北満」や「還らぬ戦友」は軍歌ではないのかと不審に思われる方々のために説明しておきたい。「仰ぐ北満」は恋しい人の住む「北満を思う歌」であり、「還らぬ戦友」は日露戦争時に唄われた真下飛泉《ひせん》作詞「戦友」の流れを汲む「厭戦歌」と私は受け取る。同じ年に発表された島田磐也《はんや》作詞、阿部武雄作曲「裏町人生」が、「時局柄、不健康な思想を含む」という理由付けで発売禁止になったが、歌詞も「暗い浮世のこの裏町を、のぞく冷たいこぼれ陽よ」と戦時下の庶民生活を捉え、曲調もまた暗愁に充ちている。島田の作品は発禁にこそならなかったが、「軍歌」を作らないという一点において、一貫していた。

昭和十三年

「佐渡の夢歌」（細川潤一、中野忠晴、キング）／「歓喜の丘」（古賀政男、藤山一郎、テイチク）

古賀政男に藤山一郎と言えば、七年前のゴールデンコンビであるが、それさえ歓迎されなくなった。昭和十二年の二月二十二日、軍需景気で東京株式市場の取引高は百四十二万株に達し、創業以来の最高記録を示した。また「愛国行進曲」が十万枚も売れて、時代は大きな曲り角に来ていた。十二月十五日には、「人民戦線」の第一次検挙があり、四百余人が検束された。つづいて、二十二日には日本労働組合全国評議会などの「結社禁止」が発令され、左翼の要人たちは地下活動を余儀なくされた。文芸の面でも、火野葦平の「糞尿譚」が芥川賞を受賞して後、「麦と兵隊」や「土と兵隊」の方向が主流になる。

ここで、「師風を継ぐ」という意味で、野口雨情の晩年と昭和十年代の島田芳文の在り方を纏めておく。雨情の子息・野口存彌は『野口雨情　詩と人と時代』に、次のように書いている。

「父は『戦争は詩にならない』と語ったことがあるそうである。見知らぬ新聞記者が訪ねてきて、『戦争の話をしたい』と申し出た時も会わなかった。軍人の訪問を受けたことは一度もなかった。

ある時、詩集『草の花』を出している版元から、当局の指示により絶版にする、という通知状が届いた。『草の花』は日支事変の当初、戦地の兵士のあいだでよく読まれているると聞いたことのある詩集だった。（中略）

河井酔茗氏は昭和十八年三月刊行の『酔茗随筆』に収めた『明治大正百詩人』の項で、父にふれ、『一時は利根川の枯すすきの如く民謡界を風靡した雨情が、近年ばったりと沈黙を守っているのは何か思ふ仔細があってのことか、門外漢にはその心境を忖度するよしもないが、その業績は作曲と共に永く伝はるものがあらう』と述べている。意識的な沈黙かどうかは別として、公的な発言をしなくなっていたのは事実だった。（後略）」

島田も昭和十四年、ポリドールから「青春の丘」を発表して以降、国策に従ってほとんど歌謡曲の仕事を止め、青山・神宮外苑の大日本青少年団に勤務して家族を養った。これは「詩人の汚れ」を嫌ったからである。軍歌の作詞を依頼され、それを断るということは、売れっ子の作詞家には辛いことだったに相違ない。「ここが詩人の正念場」という生き方を、島田は雨情に習ったのだ。

さて昭和十六年、満洲旅行の手土産のように「雪の満洲里《マンチュリー》」を陸奥明の作曲、ディック・ミネの唄で出すが、これが島田の戦前最後の作品になった。

積る吹雪に　暮れゆく町よ
渡り鳥なら　伝えておくれ
風のまにまに　シベリヤ鴉
ここは雪国　満洲里《マンチュリー》

この「満洲里」というのは、北満洲の中日国境に近い所にある地名で、もちろん、島田はその北満の果てまで行って歌詞を書いたのである。筆者も父に同行して哈爾濱《ハルピン》までは行ったことがある。だが、満洲里は海拉爾《ハイラル》のそのまた先である。二番と三番は次のとおりである。

暮れりゃ夜風が　そぞろに寒い
さあさ燃やせよ　燃やせよペチカ
燃ゆるペチカに　心も溶けて
歌おう　ボルガの舟唄を

凍る大地も　春には解けて
咲くよオゴニカ　真赤に咲くよ
明日の希望を　語ればいつか
雪はしんしん　夜が白む

この唄は、国内ではあまり反響がなかったが、満洲で大流行する。俳優の森繁久彌が満洲から引き揚げてくる時に持ち帰り、作詞者作曲者不明の「満洲里小唄」として、少し調べも変えてビクターから出してヒットする。当時島田は、太平洋戦争が敗戦となり、大日本青少年団が解散するまで、日本青年館に勤務していた。戦後、その事情が判明して、昭和四十四年に再度、クラウンからリバイバルで出された。「名作はひとりあるきをする」といわれるが、これは島田の知らないところで、まさに「ひとりあるき」をした好例である。そう言えば、森繁久彌の「知床旅情」の歌詞に雰囲気が似通う。偶然かも知れないが北海道の知床は、北満の海拉爾や満洲里と緯度も気候も近い。

島田は当時、満洲国外交部次長をしていた親友・下村信貞の案内で満洲里まで行ったと聞く。幼年時代、中津中学時代の思い出ばなしに、二人は夜の更けるのも忘れて、それこそ「夜が白む」まで語り合ったにちがいない。二人の出会いは、これが最後になった。下村は敗戦後、ソ連軍に連行され、シベリヤで抑留生活をし、ついに獄死をするからである。

第十七章　放浪詩人《さすらい》

まことに青春性とは一体何であろうか。島田芳文の生涯をざっと見渡して思うことは、青春とは、決して人生の限られた時節のことではないという実感であった。晩年の島田の内質に踏み込むほどに、なかなか老いようとはしない文学精神の骨格を感じた。島田は戦後も、まるで執念のごとく、その詩謡世界を内面で掘り下げて行く。「希望ある限り人は若く、失望と共に老い朽ちる」とサミュエル・ウルマンは歌っているが、この章では島田の戦後の希望と失望をつぶさに追ってみたい。

そこで話は少し戦前に溯る。次に書き抜くのは、古賀政男の自伝的エッセイ『歌はわが友わが心』の中の一節である。

「昭和十二年七月七日、盧溝橋の夜空にこだました一発の銃声は、日本の進路を大きく狂わせた。それは同時に、歌謡界にも大きな影響を与えずにはおかなかった。国民精神総動員運動が、政府の指導のもとに展開され、レコード界にも軍部によっていろいろな制限が加えられてきたのだ。まず、ユーモア、恋愛、感傷をテーマにしたものは発売禁止にするという。これは、私のこれまでの歌は全部ダメだというに等しい。そして、戦意高揚の軍国調のものを出せと指示するのだ。冗談ではない。そんな歌を大衆が歌うものかと思いながら、従わざるをえなくなった。機を見るに敏というのか、（筆者注・テイチクの）南口社長の態度まで次第に変わり始めた。私の作品に対して、『こんなもん、あきまへんがな』といった調子なのだ。（中略）

黄金時代を迎えたテイチクは、企業が大きくなるにつれ、数々の弊害を生み出し始めていた。私は三十三歳で専務の地位にあったため、たびたび強硬策をとろうとして、南口社長に進言したが、社長は面倒くさいことは嫌いとばかり、私の提案を柳に風と受け流した。入社した頃は大仰な追従《ついしょう》ばかり言っていた重役たちまでが、雰囲気を察知したらしく、私のボイコットを策動したりした。一部の重役などは、逆に若いディレクターたちを煽動し始めたのだ。

私は、テイチクとはもはやこれまでだと思った。まして、軍部の厳しい制限のワクができ、みんなで力を合わせて、その壁を乗り越えようというときに、このありさまなのだ。生死を誓ったはずの同志と別れなければならないという悲劇を私は味わったのである。」

このテイチクから島田も「ハイキングの歌」と「夕べ仄かに」を出している。二曲とも古賀政男の作曲である。その古賀政男は昭和十三年の「人生劇場」を最後にテイチクを退社した。戦時色が濃厚になってゆくレコード界にあって、これだけの抵抗ができたところに古賀の戦後の栄光が約束されていたと断言していい。前章でも少し触れたように、島田は軍歌は作らなかったが、報国のため、日本青年館の大日本青少年団本部に奉職したのである。

そこで、手元の資料からこの日本青年館について、少し触れておきたい。大正十年、財団法人・日本青年館が文部省から認可され、初代理事長に近衛文麿が就任している。大正十三年、明治神宮の造営に勤労奉仕をした青年団が皇太子（後の昭和天皇裕仁）から功績をたたえられたことを記念して、青年団の募金活動により地上四階地下一階の規模で建設されたという。施設の概要によると、約五百名収容可能の宿泊施設に加えて、二千名収容可能な講堂、ならびに図書室、新聞雑誌閲覧室、資料陳列室、談話室等の備えを持っていたようだ。

終戦の前年の島田家。左から長女洋子、妻光子、三女恭子、妹静子、甥昭洋、芳文、長男暎一、母貞子、父碩之助、末妹峯子、弟節次の妻千代子、次女美穂子

裏門司の松寿園に入院している島田の長女末延洋子を見舞って話を聞いたのは、昭和六十二年の九月二十一日であった。丁度、ＮＨＫの朝の連続ドラマ「はっさい先生」が放送されているときで、このドラマの中で何回も「丘を越えて」が流されるのをとても喜んでいた。

「戦後の父は、時々裸足で田に出て草取りの農作業をしていました。たまに、座敷の応接台を前にして、たばこに火をつけながら鼻唄まじりで何か原稿用紙に書いていることがありましたが、ほとんど詩作はやめていました。農地改革の嵐が吹き荒れて、結局、島田家に残った田地は三反八

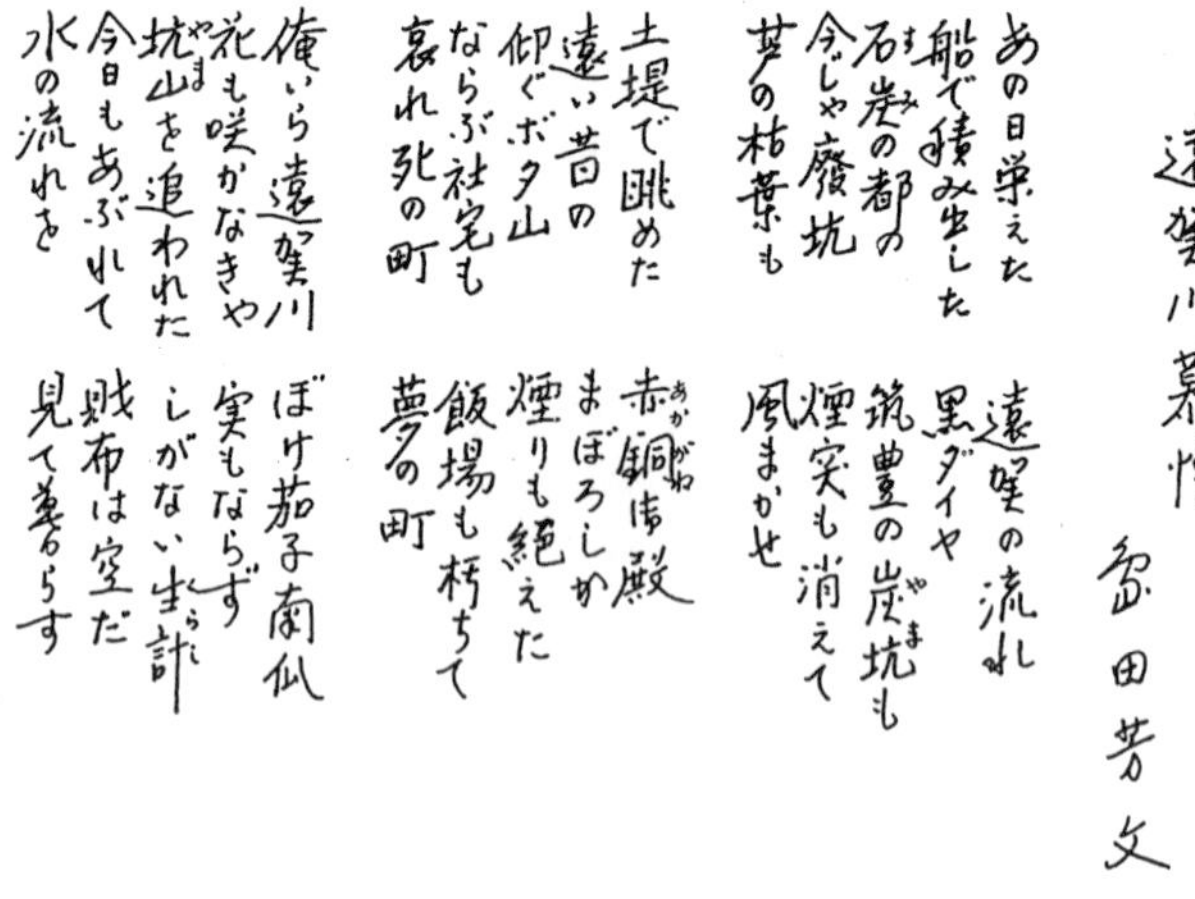

遠賀川慕情
島田芳文
あの日栄えた　遠賀の流れ
船で積み出した　黒ダイヤ
石炭《すみ》の都の　筑豊の炭坑《やま》も
今じゃ廃坑　煙突も消えて
芦の枯葉も　風まかせ
土堤で眺めた　赤銅《あかがね》御殿
遠い昔の　まぼろしか
仰ぐボタ山　煙りも絶えた
ならぶ社宅も　飯場も朽ちて
哀れ死の町　夢の町
俺いら遠賀川　ぼけ茄子南瓜
花も咲かなきゃ　実もならず
坑山《やま》を追われた　しがない生計《くらし》
今日もあぶれて　財布は空だ
水の流れを　見て暮らす
四七・四・一九

戦後の島田芳文自筆の作詩原稿

畝だけでした。

　父は金にならないボランティアのような役職ばかり引き受けてきて、あまり家にいることもなく動き廻っておりました。祖父は昭和十七年に後妻を迎えていましたので、家庭内の人間関係も複雑になり、復員で叔父たちも帰って来ていましたから、大世帯でした。私はかますを売って学資を稼ぎました。」

　終戦後の島田家を知る人たちが一様に語ることは、大家族が食事をするときの壮観であった。碩之助に後妻の貞《さだ》、芳文と妻光子、長男、長女洋子、次女、次男、三女、その下に昭和二十一年、四女が生れている。加えて、島田の弟で蒙古から復員して来た節次夫妻、同じく復員して来た四男澄夫もいた。碩之助が永年かかって蒐集した骨董品の類が一番先に消えていった。「余米」のはいらなくなった地主の戦後は、いずこも同じ売り食い生活であった。この時代の島田家の様子を語る次のような文章がある。

「戦後は郷里の久路土に帰り、黒土小学校のＰＴＡの会長をつとめ、地元の教育のために奉仕をした。私はかつて、ＰＴＡの総会に招かれて一席の講話をしたことがある。その夜、旧家らしい大きな構えの彼の家に一泊させてもらった。夕食のとき、『私の家ではお酒はどなたにも差上げないことにしています』といっていた。夫妻ともクリスチャンだったからであろうが、酒を嗜なまぬ私は『客を接待するのは酒や肴ではなく心だ』と思い、そのねんごろなおもてなしに感謝したことであった。」

　この文章の筆者、中村十生は本名を亀蔵といって、戦前の豊津中学校長、小倉中学校長、戦後の小倉高校長等を歴任した人物で、この文章は氏の著書『新豊前人物評伝』から抜書したものである。島田はこの頃から校歌の作詞を始め、まず黒土小学校、福岡県立築上中部高校、築上東高校、築上農業高校、行橋の京都《みやこ》高校、小倉西高校、近所の新制中学校という具合に、次々に手がけて行った。これも当初は金一封のお礼だったから、小遣い程度の収入であった。名曲「丘を越えて」の作詞者としての名声は、九州ではかなり高いものがあった。そのまま郷里にいたならば島田に見合った要職があったも知れないが、長男が早稲田の英文科に入学した頃から農閑期に時々上京し、旧友たちに会って詩を渡し、作曲を依頼していた。

　以後のことは、長男の手記に概略して次のように書かれている。

　――父が本格的に上京したのは、祖父・碩之助が他界してから三年目。テレビ放送の開始により戦後の歌謡界が隆盛を取り戻し始めた昭和二十九年であった。当時、私と次女の高卒後上京し北区上十条の小さなアパートの一室を借りて住んでいた。

その後、父も上京し、レコード会社ポリドールの再建に参画し、戦前からの友人・陸奥明とのコンビで四曲ばかりレコードを出して、狭いながらも親子三人で暮らしていた。

しかし戦後の歌謡界は、どちらかといえば父のような正統派の詩風は、実用の波に合わないところがあり、十年間のブランクが大きく、歌の方の収入だけでは郷里への仕送りもままならず、父は文部省の外郭団体である「学徒援護会」に勤め始めた。

父が上京した時、母も上京したかったのは想像できるが、東京には一緒に住む家もなく、四人の子どもをかかえた母は、父の実家も守らねばならなかった。——

それから五年経って、島田は「学徒援護会」を定年退職した。島田は勤労学生たちの世話を親身になってし、学生たちから「アルバイト学生の父」と慕われ、人気があったと長男は書き加えている。

昭和三十六年の夏、隣家からの類焼により久路土の家が全焼してしまった。梅雨あけの乾燥期であったために火の回りが早く、残ったのは台所の一部と玄関だけ。勿論、島田も長男もとり急ぎかけつけた。落ちぶれたと言えど旧地主の家である。近隣の人々や親類縁者の援助によって、その年の十一月に以前よりずっと小さい現在の家が建てられたが、島田の落胆振りは想像に余りある。

その翌春、仕事のためということで上京した島田は、「下宿先に原稿や荷物を取りに行ってくる」と、長男に告げて出たまま帰って来なかった。

つい最近のことである。島田光子の謄写版刷りの歌集『求菩提』が思わぬところから出てきた。これは序歌二首、本歌七十首、十二ページの小冊子で、発行日は「一九六八年三月二十一日」となっている。昭和四十三年といえば、島田が戦後二度目の出奔をしてから四年後のことであった。「あとがき」に島田光子は次のように書いている。

「菜種雨のけぶる三月、お彼岸を待ち、十七回目の上京です。この三年間に折にふれて書きためた中から七十二首を選びました。終戦後、夫の故郷にかえり、舅に仕え、六人の子の教育をし、かたわら先祖から受けついだ田畑や家をなれぬ百姓を、子等を相手に食糧難とたたかい、三反半ほどの田を作り、稲作の経験をいたしました。また、農村の因習と封建制度の中にがんじがらめにされながらも、私はキリストの証人として、舅や姑を看とり、主人芳文の留守を十五年の長きにわたって守り通し、後継の次男も九州へ就職ができ、故郷の島田家を子達の手で復活できました。この『求菩提』は、私の若き日の詩集『闇を裂く』の後編であり、老後の今は短歌に親しみ、『くろつち短歌会』に入会し、安仲光男師の指導により、人生の足跡として、苦闘と信仰の悦びをつづりました。イエスとともに感謝と慰めと愛とを注ぎ給う父なる神、子なるイエスに讃美と栄光をきたし、祈って下さった方々へ深く御礼申し上げます。ねりま東大泉の家にて、島田光子」

序歌二首というのは、「舅上に」と前書きして、「緋もみじの大樹の影に建てられて舅の石碑の是従東中津領」、もう一首は「夫芳文に」と前書きして、「花の香のただよふ五月の雨にぬれ丘を越えての文字も薄れぬ」と記されている。この序歌に込められた光子の芳文への思いの深さは、次に書き抜く作品群によって更に増幅される。

残雪の下より萌ゆる若草に明日を信じて娘と抱き合ふ
右の肩少し落して歩く癖の夫を探してホームに立てり
思はざる非難を浴びて帰りきぬ乾きし土間に水を打ちゆく
神無しと挑戦する子よ庭隅に百日紅の赤あかと咲く
子燕の糞白く積む土間に座す暑き午後なり麦をふるふも
おそき月登りて夜半を過ぎにけり田に引く水の音澄みわたる
故もなく拒みつづけしキリストに娘《こ》は心開きて洗礼を受く
採算がとれねば春田になさんとし切りたる藁を敷きつめてゆく
長男の婚期のおくれ気になりて落葉散りしく坂登りゆく
就職のきまらぬ吾娘《あこ》がいくたびも吾に気がねて寝返りをうつ
毒だみの十字の花の開きたり雨けぶる五月あるじなき家
手のしみのにじみにじみて十五年女ひとりの農に生きつぐ
反抗期の息子を持てばこまごまと留守する机に置き手紙する
戸締りに来たりし雪の窓に見えオリオン星座の冴えて輝く
いつの日か帰り来まさん夫の着物取り出しては陽にあててをり
吾は子に支えられつつ健康優良家庭とし表彰を受く
献身を心に誓ひ教会の片隅の椅子に吾は立ちたり

この血を流すがごとき表現の底に滲んでいる島田光子の悲しみを、私はじっと目を閉じて思いみる。光子の祈りの火は、はたして夫芳文の頭上にとどいたのであろうか。光子の「献身」が神のみに捧げられたものでないと知っているだけに、私の胸はきりきりと痛む。

私は一度だけ、島田芳文の姿を身近に注視したことがある。確か、高校二年生（昭和二十八年）の初夏のことであった。島田はその日、千束町の通りでバスを下車したらしく、千束の四辻から東へ道をとり、私の住んでいる塔田部落の前を通って、黒土村の方向へ歩いて行くところであった。服装は、白い麻の背広の上下を着て、頭には日やけしたパナマ帽を被っていた。そのころ、私は学校の図書室に日参していて、校歌の額の横に掛けられた作詞者・島田芳文の写真を毎度のように見ていた。だから一目見た時、

「あっ、島田先生だ。」

と直感した。背丈は私と同じぐらいだったから五尺二、三寸。彼が私の前を通り過ぎ、百メートルばかりの距離に遠ざかるまで、そのうしろ姿から眼をはなせなかった。そのころから文学志望だった私は、

「東京の詩人というものは、かくもハイカラで風格のあるものか。」

と、熱いあこがれを込めて見送ったのである。

そのころ島田がどんな生活をしていたかというと、昭和四十五年の『丘を越えて』（詩謡シリーズ・

第十一集）に、自ら次のように書いている。

「現在では宮仕えをやめて悠々自適、北軽井沢の浅間高原の山荘で一年の大半を過ごし、現代文明に逆行し、日暮れになるとランプのホヤを磨き、薪を拾い集めて素朴な草庵生活に没入し、自然を友として公害を知らぬ晴耕雨読の明け暮れである。然し、一日一作主義で今なお詩作を続けている。（後略）」

鵙《もず》が啼いてる　裏山に
ちょっといそいで　風呂焚《た》きの
薪《まき》を拾いに　行った留守
誰がたづねて　来たのやら

こんな山家《やまが》の　日ぐれどき
たづねてくる人　あるかしら
木戸をあけたら　縁側に
木の葉の名刺が　おいてある

木山柴山　風が吹く
あけび熟《う》れたで　食べごろに

なってきたから　おいでよと
風さんさそいに　来たのやら

これは「木の葉の名刺」という題の童謡詩であるが、山家の生活の淋しさと誰に束縛されることもない楽しさを、島田はよく表現し得ている。島田の晩年は、このような詩作品で横溢すべきだったと、私はその才能を惜しむ一人である。サトウ・ハチローも「こころシリーズ」のなかの一冊『心のふるさと』の序文で、次のような讃辞を贈っている。

「人は人、われはわれ。こういう気持をしっかり持って詩に取り組んでいる。その詩の若さにおどろいた。ピチピチしている。心にしみこむように歌っている。私は頭を下げたのです。いつまでも若さを忘れない詩人に、私は手の痛くなるほど拍手してやまない。（後略）」

ところが、たぶん生活のこともあったにちがいないのだが、島田は歌謡曲にも未練をのこしていたのである。

粋な黒塀　黄八丈
女ながらも　伝法な
啖呵切ったも　恋の意地
こんな女に　誰がした　（「櫛巻お仙」）
在所出てから　早や五年

不自由させるも　今しばし
上り双六　ここらが峠
待って下さい　おっかさん　（「人生双六」）

たとえば、この「人生双六」には、「母」にかたちを替えた「妻子」への呼びかけがあるではないか。だが、西條八十ほどの海千山千ではなかった島田のこれが「限界」である。

戦後の島田に全くヒットがなかったわけではなかった。まず、昭和二十七年に「山のロマンス」があり、吉田矢健治の作曲であったが、あきらかに「キャンプ小唄」の二番煎じ。しかし、辛うじて歌手の楠木繁夫の新鮮さで盛り上げた。

嶺《みね》は朝焼　谷間は狭霧《さぎり》
歌う駒鳥　みどりの夜明
並ぶ山脈《やまなみ》　眼をさます
　キャンプ楽しや　朝餉《あさげ》の仕度
　胸に希望の　陽が昇る

二曲目は「あゝ高原の紅あざみ」。これは、作曲を戦中からのコンビであった陸奥明が受け持ち、陸奥の愛娘《まなむすめ》・菅原都々子《つづこ》の唄で、少しヒットした。が、同じ年に出た「ゲイシャ・ワルツ」の比ではなかった。これは、西條八十作詞、古賀政男作曲の「戦前コンビ」の復活であり、テイチクの文芸部長・伊藤正憲が「テネシー・ワルツ」の向うを張り、社運をかけた作品。神楽坂はん子の男の耳をくすぐるような歌声で、戦後最大のヒットになった。島田の「あゝ高原の紅あざみ」は、「ゲイシャ・ワルツ」と対照的な歌詞である。

愛の山河《やまかわ》　踏み越えて
うき世をすねて　咲いた花
返り咲く日が　あるのやら
どうせわたしは　棘《とげ》もつ花よ
あした咲いては　夕べに泣ける
あゝ高原の　紅あざみ

西條の歌詞が「恋に能動的」なのに比し、島田の歌詞は「暗く悲愁的」である。時代は、「朝鮮戦争景気」に沸いていた。日本の「経済復興」を賭けて政界も経済界も、押せ押せムードであった。要するに、「高原の紅あざみ」ではしらけるのだ。この年は、フィリピンの刑務所に収容されていた旧日本兵が故国に送った手紙を歌詞にしたという「ああモンテンルパの夜は更けて」が大衆に浸透する一方

晩年の島田光子（昭和50年代ごろか）

で、美空ひばりの「お祭マンボ」が受ける時代であった。

昭和二十八年

「天竜しぶき」（飯田景応作曲、豆千代唄）／「アリラン哀歌」（陸奥明作曲、菅原都々子唄）／「スペイン夜曲」（陸奥明作曲、菅原都々子唄）

を新譜化するが、テイチクの足を引っ張るだけだった。昭和三十年、菅原都々子の「月がとっても青いから」（陸奥明作曲）が大ヒットするが、作詞をしたのは「かえり船」でヒットした清水みのるである。

そこで、島田の戦後の「作詞観」というか、「人生観」にも通じる文章はないかと思った。昭和四十六年に出版した「こころシリーズ」の三冊目、『心のうたごえ』に、次のような文章を書いている。

「作品の新しさ、新鮮さは、その作品の熟、未熟によってきめられる。よく熟した作品は常に新しい。常に全身全霊を打ち込んで詩を書くこと。野球で言えば全力投球でしのぎを削っているときと同じである。全力を注ぎ込まなければ、第三者の共感を呼ぶようなものは生まれない。

他人の領域を侵すことなく、自己の領域を侵されることのない孤高の精神こそ尊い。『富貴は浮雲の如し』と孔子は言っているが、涙と共にパンを食べた者でなければ、人生の味はわからない。うれしい時でも悲しい時でも、自分の人生はそこにしかない。人の心の底辺に流れている純情を、いつまでもうしなってはならない。清純な抒情によって歌謡は生れるものである。」

第十八章　泰山木の花

サバイバルを賭けた戦後の歌謡界に復帰出来なかった島田に残された道は、恩師の野口雨情を如何に顕彰するかということであった。その雨情は、昭和二十年一月二十七日、既に他界していた。亡き師の衣鉢を戦後の日本で如何に継承して行くかとなると、考えるだけでもたいへんな仕事であった。

私は今回、この評伝を加筆改訂するにあたり、特に注意したことは島田の表現態度や文章の骨格についてであった。そのためにはもう一度、全部の資料に眼を通すという作業に時間を使ったのである。その結果、おぼろげながら見えてきたことがある。たとえば昭和七年七月、「日本レコード協会版」として刊行されている童謡集『どんどろ坂』の「あとがき」に、次のような所信をのべている。

「童謡は自然児の声である。だから、そこに不自然な作為があってはならない。美しい童心の素直なる発露であるが故に、真実なる童謡は歌詞それ自体が、すでに立派な童心芸術であらねばならない。

然しながら、童謡に限らず凡ての歌謡は、その究極的使命は歌うことに依って貫徹されるものであり、更に、肉体的の律動にまで延長することに依って、より一層、詩のもつ純粋な情操を呼び醒ますことが出来る。かかるが故に、作詞者、作曲者、舞踏家が三位一体となって初めて、完全なるものとして、その価値が問われるものであると信じている。(後略)」

このような童謡論や歌謡論は、師の雨情が繰り返し述べていたことであるから、別に目新しいものではない。ただ、日本のレコード界に能動的に参画するに際して、自己確認の意味があったと私は考察する。

島田は、この「三位一体論」をかざして、戦前のレコード界で活躍したにちがいないのである。戦後、それがかなわなかった大きな理由には、帰郷して農地委員や教育委員などを務めるかたわら、老親の面倒などの問題が重なって、上京もままならなかったこともあるかも知れない。

詩集『心のうたごえ』の中に、次のような作品がある。

ビルの谷間に　おき忘られた
俺は日蔭の　石ころなのさ
馬鹿なこの胸　何故うづく
　だけどさ　だけど　恋も未練もふり捨てて
娑婆の辛さを　噛みしめながら
ぐっとこらえて　生きるのさ

この詩には、「俺は石ころなのさ」という題が付けられている。

これからこそ、島田は真に師の野口雨情が胸に抱いていた「民衆性」が理解出来、「民衆のこころ」が書ける作詞家になれた筈なのであるが、島田にはこの世の時間が残されていなかった。長男は、父の終焉を次のように回想している（「婦人公論」一九七五年五月号より要旨を掲載）。

――五、六年前から慢性の気管支喘息に苦しみ、咳と痰がひどく呼吸も困難だった。父からの連絡を待っていたが、春になれば浅間高原でまた会えるだろうと期待し、父の健康を気づかっていた。しかし、その間に病魔は父に急速に近づいていた。桜の花がちらほら綻び始めた四月十二日、午前一時過ぎに川崎の叔父から電話があって、父が入院するという。入院させるなら清瀬の国立病院だと、かねてから依頼してあった友人に連絡をとった。

近い次妹の家に一泊し、翌朝、清瀬の国立病院を訪ね、さっそく診断してもらった結果、『ガン細胞がこんなに大きくなるまで、よく放置しておきましたね。もう四、五年早ければ切除出来たかも知れない。この種の疾患は早期発見が第一です。とにかく、あなた方の家に近い東大泉の病院へ連絡しますから』と専門医の先生が仰有って下さった。結論は、もう望みがないということだった。私は骨と皮になってしまった父を抱きかかえて車に戻り、その日の午後、東大泉の病院へ落ち着くことができた。

翌日、いくらか心の安らぎを取り戻した父は、意識ははっきりしていたが、からだがあまりいうことをきかないので、精神的な支えが必要だったらしく、見舞に来た教会のO先生を頼りにし、自分のことを一生懸命に頼んでいた。父は救世軍の仕事をしたこともある。そして、母に紙を持ってこさせ、『愛は神なり』と、しっかりした書体で書いた。

五月三日の早朝、父は母と妹に見守られて安らかに召天した。思えば、あまりにも短い病院生活だった。東大泉に帰ってわずか五日目、七十五歳の人生に終止符を打った。江古田の教会で告別式を簡素に行い、藤山一郎さんより『丘の上で先生を見送る』との弔電を頂き、古賀政男さんからの花輪を、古賀通人さんに届けて頂いた。そして故郷久路土へ帰った——

この手記には「故郷に帰ってきた父芳文」というタイトルが付けられている。島田の骨《こつ》は郷里の黒土小学校南側の墓地に納められている。この文章を書いている今日、平成十八年五月三日は島田の祥月命日である。午前中、私は所用があって久路土に行き、黒土小学校の前を通って島田家の墓地の前で一礼してきた。

仰ぐ求菩提や犬ヶ岳
山に久遠の教えあり
誠実《まこと》の道をひとすじに
明るい窓よ師と共に
楽しく学び励まなん

これは、第二章でも紹介した島田芳文作詞の黒土小学校歌の一番である。島田は生涯に百二十余校の校歌を作詞した。私の記憶に残るところで、遠くは北海道の網走女満別《めまんべつ》小学校、女満別中学校、福島県四ツ倉高校、石川県能都《のと》中学校、少し南へ来て静岡県富士あけぼの幼稚園、兵庫県上郡《かみごおり》農業高校、瀬戸内海を渡って高知県伊野商業高校、山口県田部高校、豊浦北高校、九州へ渡ると福岡県小倉西高校、扇城学園中津女子短期大学という具合である。なぜ百二十余も校歌を手がけたのか、と訊ねる人があるので書いておきたい。

私の母校、福岡県立築上中部高等学校の校歌を叩き台にして、少し個人的な考察をしてみたい。次に書き抜くのは、その一番と二番である。

一、浅緑《あさみどり》真澄の空に聳《そそ》り立つ
　見よ麗《うるわ》しの求菩提山
　ゆるがぬ姿としこえに
　　理想の翼　雲と展ぶ
　ああ晴れやかな学び舎に
　　集いし我等幸《さち》多し

二、清らなる谿《たに》の真清水集りて
　　水洋々の周防灘
　真理の深さ究《きわ》めつつ
　　純情一路　我等往《ゆ》く

昭和35年頃、白根山登山の折りの島田。左は長男暎一

ああ健やかに若人の
天分豊かに発揮せん

この校歌を、私は三年間うたったわけであるが、ある日、石川啄木の「ふるさとの山に向かいて言ふことなし　ふるさとの山はありがたきかな」に発想が似ていると思った。

詰まるところ、校歌も「青春讃歌」であったのだ。他校の「島田作詞校歌」はいざ知らず、我が母校の校歌に関するかぎり、よく見かける狭量なナショナリズムの謳歌ではなかったことに安堵した。また、島田が師・雨情の友人であった啄木の文章をよく咀嚼していたことにも感心した。つまり、われわれはそれとは知らずに、校歌を通じて大正デモクラシーの泉の水を汲み上げていたわけである。作曲は名倉晰《あきら》とあるが、これも平凡な人物ではない。

島田光子の短歌の師・安仲光男は歌集『十字座』の「序文」に次のような感懐を述べている。

「島田さんは業苦との戦いを終りました。神の思し召しにより、平安の門口に立たされたようです。安らかな余生の一日も永からんことを。昭和五十二年一月二十五日」

この「課せられた業苦」についてだが、それが「二十代の後半から六十代の終りまで」ということになると、島田家の嫁の立場を指すのであろうか。安仲光男の「序文」は、次のように書き出されている。

「光子さんは、島田芳文氏と結婚後、しゅうとととの間がうまくいかず、生後百日あまりの長女と五歳の長男の二人を残して、一時、東京の実家に帰った。それが動機となって教会に通うようになり、昭和十一年九月五日、聖協団聖書学院で洗礼を受けてキリスト信者となりましたと述べています。

爾来、キリスト者としての島田さんの生活が今日まで続き、幾度か遭遇した苦難も、信仰にささえられてこそ、乗り越えることが出来たと言っても過言ではありますまい。(後略)」

この文章の中で、「姑」は「舅」、つまり碩之助の誤りであるが、やはり気にかかるのは、光子の心中《しんちゅう》である。そこで、光子の昭和四十八年以前、つまり島田芳文の没前の作品に眼を通してもらいたい(歌集『十字座』には、昭和三十九年の作品から収録されている)。

大いなるイエスの聖手《みて》の動くなり十字架の愛わが身に迫る
母居ます熱海の町の来の宮に小雨にぬれて坂道登る
日日《にちにち》が神の予言のうちにあり転勤の子に聖書を持たす
亡き母の弔い終えて帰り来し部屋にからだを投ぐるごと坐す
背きゆきし夫《つま》の頭《こうべ》に祈りの火積み重ねゆく長き月日を
母の喪に服する吾の眼にしみて泰山木の花びらかなし
独り居が自《し》がぜいたくと云いし夫《つま》浅間山荘の秋風がなか
手のしみのにじみにじみて十五年女ひとりの農に生きつぐ
秋蝉の声しぐれおり夕つかた泣いてはならぬ夫《つま》は発ちゆく
農地法ようやく改正されんとす新聞社説切り抜きて置く
血の混じる嘔吐つづきて三日三夜吾娘は生死の境《さかい》さまよう

選ばれしよろこび知りてわが神と呼びつつ仰ぐひとつ十字架

こうして、八年間の孤軍奮闘の作品の中から、十二首を選び出した。まさに、女は弱く母は強しである。以下は、島田芳文没後の作品。

樹に登りいたりし蛇が木より落つ落ちたることは当然のごと
亡き夫の好みし萩がこぼるるほど花つけており庭の真中《まなか》に
人間が蒸発すると云うことは哀しみごとのドラマにあらず
現《うつ》し世は哀しみのみが残るなり泰山木は高きに咲けり

光子は、身の回りの荒涼たる人間社会を嘆いて、「現し世は哀しみのみが残るなり」と深く慨嘆しているのだ。

さて、前章に紹介した島田の「こころシリーズ」の『心のうたごえ』のなかに、次の「純情路線」と総題の付けられた一連の作品が収録されている。その中に、「出稼ぎ先から」という作品がある。

出稼ぎ先から　父ちゃんの
待ってた手紙が　今朝ついた
「お金送った　俺《お》ら達者

子供泣かすな　馬肥やせ」
電報みたいな　この文句
なんだか目がしら　熱くなる

馴れない出稼ぎ　沖仲仕《おきなかし》
さぞや辛かろ　寒かろう
「鼻を啜《すす》って　母ちゃんが
読んでるこの顔　見てくんろ」
姉《あね》さが代って　書く手紙
父ちゃんわが家が　恋しかろ

お山は粉雪《こなゆき》　薄化粧
辛夷《こぶし》の花も　もうすぐだ
「野良の仕事も　始まるだ
父ちゃん早く　帰ってこ」
もうすぐ春だよ　首ながく
みんなで待ってる　いろりばた

われわれは「詩と真実」という言葉を知っている。仮にこの詩にその「真実」とやらが籠っているならば、島田は東京の生活を「出稼ぎ」と、胸の奥で考えていたと私は思う。この詩を書いた時、島田は七十であった。「少しでも、妻子に送金しなくては」という気持があったのである。この作品の誠意によって、島田は「放浪の代償」を支払おうとしたのではなかったか。

「社団法人・日本音楽著作権協会評議員、日本作詞家協会相談役、日本童謡協会員、日本詩人連盟常任理事、日本訳詩家協会理事、金の鳥児童音楽家協会顧問、全九州歌謡詩人連盟後援会長、北軽井沢浅間高原植物園長」

これは、「こころシリーズ」の第五集『心のやすらぎ』の奥付に書かれている島田の肩書である。最後の「植物園長」にユーモアがたっぷりとふくまれているではないか。

さて、島田文学の総括をするにあたり、「日本訳詩家協会理事」という肩書きについて、もうすこし補足しておきたい。その頃島田は、東京シャンソン協会の理事をしており、「ミラボー橋の上で」というシャンソンを作っている。またクラシックのグラマホン・レコードにも出入りしていた。そして「愛の讃歌」は在学中だった長男が直訳して島田が補作したシャンソンだという。

空は闇となり
海は涸《か》れても
あなたの愛が真実《まこと》ならば

闇がおこっても　わたしはいとわぬ
あなたの愛が真実ならば
いとわぬ

流れ星でも
あなたのために捕えて来ます
わたしだけを愛するならば
何でもしましょう
命のある限り
とこしえに変らぬ
あなたの愛が真実ならば
いとわぬ

あの、Ｍ・モノーの名曲に、初めて日本語の歌詞を付けたのが実は島田だったのだ。唄はグラマホンの若手のホープ旗《はた》照男だったと聞く。越路吹雪の唄は、もっとあとのことで、訳詞者も違う。同じ二十九年に江利チエミの「ウスクダラ」（訳詞・音羽たかし、曲はＳ・リー）がヒットした。これは良く憶えている。その秋に「ブルークリスマス」（作曲・ジョンスン）を訳し、同じく唄は旗照男だったというが、悲しいかなこれも私の記憶には無い。ほかにも、子守唄の「ハッシャバイ」「ブルークリスマス」などがあったと光子に伺ったが、曲名さえ憶えていない。だが、戦後の再出発に燃えていた島田の意欲を感じる話である。

もうひとつ、これは外国ものではなくて、純国産のもの。

川の面《おもて》に
千鳥啼く夜は　心が濡れる
濡れりゃせんない　片しぶき
せめてひとこと　便りがほしや
君の名を書く
熱い涙の　紅《べに》の筆

（一日逢わねば　千日の
思いわずらう　このわたし）

これは、昭和三十五年にコロンビア・レコードから発売された「千鳥草紙」という舞踊小唄の歌詞である。新内「三千歳」を織り込んだ特選盤で、作曲は柴田佳典。豆千代の美声に乗って東京でヒットした。しかし、レコード化されたのはこれが最後である。この雨情張りの作品は、島田が「雨情会」の会長をしていた時であり、「雨情会」の面目が懸っていた。

次に書き抜くのは、島田芳文のこころシリーズの一冊『心のともしび』に収録されている「菩薩讃歌」という晩年の作品である。

平城山《ならやま》の
麓のほとりに　ひとり来て
もの言わぬ
如意輪観音　菩薩像
ひたすら愛《め》でて　ひねもすを
御堂の裡《うち》に　ぬかづきて
ほとけの道に　縋《すが》りけり

沙羅双樹
夕闇こむる　中にいて
ちからなき
煩悩具足の　われなれど
自戒の経文　誦《しょう》ずれば
迷いのこころ　やすらぎて
解けゆくことの　うれしけれ

次は、こころシリーズの第五集『心のやすらぎ』の「あとがき」に残された一節である。

「緑をとり返せ、自然を護れ、心のふるさとである自然へ還れという声がようやく叫ばれるようになった。私たちの生存に必要な酸素は、草木が作ってくれている。一ヘクタールの森林から生れる酸素は、人間十四人の需要しか充たすことはできない。この地球上に如何に緑が必要であるかを再認識し、草木を大切にし、緑を回復しなければならない。ゴーギャンは都会の喧騒から遁《のが》れるようにして、タヒチへ行った。その気持がよく判る。人間が自然の子として、自由に生きる環境が欲しい。自然の空気を満喫し、草木や花の命をいとおしむ雅びた境地にするゆとりが欲しい。自然への回帰、自然への深い洞察と観照、そこから美しい詩を求めている。(後略)」

これは島田の遺言と言ってもよいだろう。この「こころシリーズ」の第五集は、昭和四十八年一月二十日の発行となっており、その逝去まで約半年しかない時期に書かれたものである。

時代思潮と言っても解りにくい人もあるだろうが、田舎の本好きの少年を、一人前の表現者に育て上げた「早稲田文化圏」の役割も大きかった。また、意識的でなかったにしても、故郷の父碩之助が果たした堅物政治家というキャラクターも、詩人の背骨形成に一役も二役も果たしたと思う。それらのことが複合効果を発揮し、大正デモクラシーという時代環境の混沌の中で「詩人・島田芳文」は揉まれながら成長することができたのである。そのような意味では、島田もまさに「時代の子」であることは間違いない。

また、彼の作品が内包するヒューマンな詩情の根源には、そのような大正時代の「鄙と都会」を結ぶ地下ケーブルがあって、たとえば萩原朔太郎のように、プチブルでありながら貧困層への温情を湛えた視線が光っている。それは、彼が秘めた長男資質の具現ではないかと、私には思えてならないのである。

おーい　ふるさとさん
夢にまで見た　幼い日
鮒っこ　鰌《どじょ》っこ　すくってた
小川にかかった　丸木橋
今もあのまま　あるだろか

おーい　ふるさとさん
雑木林の　天辺《てっぺん》で
モズがしきりに　鳴いてた日
真赤に咲いてた　彼岸花
母のお墓を　思い出す

この「ふるさとさん」という童謡詩は、明らかに母ユクへの挽歌である。『心のふれあい』（昭和四十七年五月発行）という詩集に収録されていて、次の「秋の子風の子」と共に、私の心の琴線に触れる童謡詩である。

どこかに　秋の子　かくれてる
夕日に赤い　柿の実を
染めてくれたの
だれかしら

どこかに風の子　かくれてる
お背戸に赤い　柿の葉を
まいているのは
だれかしら

秋の子　風の子　かくれてる
日ぐれにそっと　やって来て
赤いクレヨン
落してた

これらの詩の清澄度は、野口雨情の詩に似ているようで、彼を越えている。雨情のウェットな世界を越えて、からっとしているではないか。つまり、雨情の涙を振り払ったところで、島田の詩は光り輝くことができたのである。

終章

私が「島田芳文を書いてみたい」と初めて告げたのは、文化誌「九州人」の主宰者・原田磯夫であった。昭和五十五年の春先だったと記憶する。原田はお気に入りの波佐間《はさま》義之と堀勇蔵と私を自宅に呼んで、激励して下さった。その時に、

「松井君、今度は何を書くつもりかね」

と糺された。しばし黙考の末に、

「島田芳文を書いてみたいのですが」

と答えると、原田もしばらく黙考していたが、

「それは、たいへんだな。しかし、豊前市出身の人物だから、地元の人が一度は書くべき人物だな、はははははっ」

と、豪快に笑った。「九州文学」の劉寒吉《りゅうかんきち》も、

「松井君、豊前を掘りなさい」

とは云ったが、「島田芳文を書け」とは云われなかった。そのあたりに、島田芳文という「素材」は、一筋縄ではいかないという思いがあったのではないか、と私は回想する。

事実、いろいろあって二十五年の歳月が流れた。だが、その間に私もいくつかの仕事をこなして来たから、彼と心中したわけではない。要するに、それだけ意外に手間がかかったということ。つまり、「たかが歌謡曲、されど歌謡曲」なのである。

もうひとつ、この際に書いておきたいのは、松下竜一との不思議な因縁である。私の最初の評伝『黒い谷間の青春──山本詞《つぐる》の人間と文学』の資料も大半が彼のところにあったし、今回も大半の資料が彼の家の「押入れ」の中にあった。島田の資料は、妻の光子が歌集制作時に松下家に持ち込んだのであるが、「山本詞」の資料は、松下自身が山本家に赴いて、借りたものであった。その上、八分どおり取材が終わっていた。雑誌「九州人」での連載が半年遅れていたら、多分、『黒い谷間の青春』は松下が書いていたのである。

さて、昭和五十二年の年末に出た合同歌集『久路土』で、光子は、

「黄色い連翹がやさしい枝を垂れて咲き、ラッパ水仙の群れ咲く庭を眺めながら郵便を出しに行く。（中略）染井吉野が咲き始めると、木蓮は花びらを草の上に落して褐色になる。そんな季節の哀歓を見ながら、雪柳を手折りラッパ水仙を切って、亡夫の墓に参るのである。（中略）現在は二人の孫の守をしながら、歌を書き、キリストの福音を皆様にお伝えしております。」

と結んで、つぎのような短歌作品が掲載されている。

貧しさとたたかいにつつ夫《つま》の成せし「丘を越えて」のレコードを聴く

くつくつと枸杞《くこ》茶《ちゃ》煮えたつかたわらに君の悩みを聞きつつおりぬ

ほろ苦きこの世の味よ味噌あえの蕗の薹をば噛みしめている

これは、夫の芳文が他界して五年ばかり後の作品。一首目は貧乏ながらも夢のあった日々を懐かしみ、二首目は信仰と祈りの歌であり、三首目はこの世の心象風景を「ほろ苦きこの世の味」と捉えて絶妙である。いずれも、魂の安息に至る落着を感ずる。

あの大正デモクラシーの激流の中で人間形成を果たし、文学の何たるかを誠実に求めた大正人たちにとっては「自由恋愛」は彼らの「旗印」の一つであった。それはたとえば、一見して放蕩無頼に見える西條八十の作詞の中にさえ、一条の光のごとく「自由恋愛の精神」が込められている。そして、島田の「丘を越えて」の向日性こそ、同時代のどの流行歌にもない独自性であり、まさに一点の曇りもない「青春讃歌」と言ってよい。

晩年の島田芳文

さらに、そんな澄みきった表現がどこに結晶したのかといえば、彼の童謡詩にあるように思えてならない。たとえば、次の「風が生まれたよ」という作品を読んでもらいたい。

つんつん　つばなが

のびて来た
かげろう　ゆれてる
田圃《たんぼ》みち
こっそり風が　生れたよ
ほんのりぬくい　春の風

つんつん　つくしが
のびて来た
お日さま　明るい
土手の上
こっそり風が　生れたよ
だれかが呼んでる　遠い声

私は、この童謡詩の最後の「遠い声」に引かれてならない。この「遠い声」には、島田の最晩年の心魂から湧き出た「祖霊の声」が込められているように思う。同じ頃の作品に、「桐の木」がある。

わが父と　ともに植えたる
ふる里の　庭の桐の木

十年《ととせ》振り　帰りて来れば
空たかく　枝も栄えて
むらさきの　花をつけたり

日の光り　地《つち》の恵みに
すくすくと　桐は育ちぬ
われもまた　異郷にありて
かにかくに　人におくれず
筆とりて　今日を迎えぬ

これは、亡き父への「詩手紙」であり、いくたびも捨てた故郷への詫び証文ではなかろうか。「人におくれず　筆とりて　今日を迎えぬ」というところに、島田の矜持が表現されていると私は感じた。このような詩の心根を、島田はどのように養ったかということになるが、それは明治末から大正生まれの若者たちの胸に共通に流れていた「こころざし」に繋がっていたと私は見る。そのような意味では、師の野口雨情にしても、同郷の堺枯川《こせん》にしても、その思想形成はインターナショナルに見えながら、実はそれは愛郷心に深く根ざしていた。

そのような意味で、島田の歌謡詩にも、どこかに土着的な表現を残しながら、尚かつ都会の青年子女の自由闊達な心情をも抱きこんでゆく軽快なリズム感がある。この様なアンビバレント（二律背反）

は、たとえば、敗戦後の「上り列車の時代」を代表する「リンゴの歌」などの先取りであったと私は見る。関東大震災で焼け爛れた「帝都復興」に繋がる昭和初頭にあって、古賀政男とともに立ち上げた「丘を越えて」の新しいリズム感覚こそ、島田の青春時代、つまり大正の時代思想とでもいうべきものに発していたと私は考察する。

あとがき

島田先生が他界されて三十年も経ったのに、なぜ一冊の評伝も出ないのかという豊前市民の声を聞くたびに、それがあたかも私の責任であるかのように、

「いろいろと事情がありましてね」

と私は答えてきた。だが、内心では、

「そろそろ、なんとかしなくてはなるまい」

と、正直なところ少し焦り始めていた。この豊前市生まれの詩人を、どんな方法で市民に伝えるべきか、私は長いこと苦しんできた。それから、「詩とはなにか」という根本的な命題に始まり、「評伝における人権とは何か」など、問題は山積していた。特に、遺族の心情をどう扱うべきかに深く悩んだ。

たまたま一昨年の秋、豊前市立図書館で「図書館と著作権」という課題で、京築地区図書館協議会の研修会を開き、そのとき、講師に黒澤節男氏（九州大学教授）を招聘したところ、「詩人・島田芳文」のことを資料に使われ、私はその後、黒澤氏に個人的な事情を話し、具体的な解決方法をうかがった。その話が久留米大学教授の大家重夫氏の耳にも伝わり、

「何かご協力できることがあるかも知れません。お逢いして話をうかがいたい」

という内容のお手紙をいただいたのである。その結果、昨年の秋にアクロス福岡の「久留米大学文化講座」に招かれ、「島田芳文の青春時代」という題で、二時間ばかりの話をした。

その後も、二人のご著書を通じて、著作権について多くを学ぶことができ、これを機会に評伝出版の具体化に至った。両先生のご指導や助言に深くお礼を申し上げる次第である。

尚、この評伝を書く契機については、すでに本文で何回か触れたことだが、私は中学校、高校で「島田芳文作詞」の校歌を六年間も歌って育った。特に、築上中部高校の秋の運動会で踊った男女混合の「丘を越えて」のリズムに乗ったフォークダンスは、七十歳の今でも胸が高鳴るような気がする。広い運動場いっぱいの千人近いロンド（輪舞）は、実に壮大な景観であり、学生時代の最後を飾る思い出となった。家庭の事情で進学できなかった私には、純粋な青春讃歌として脳裡に深く焼きついている。

だが、この評伝は、「群盲、象を撫でる」の比喩の如く、詩人・島田芳文の全体像をどこまで伝えることが出来ているか、それは疑問であろう。今後、新しい研究者によって、より良い評伝の出版されんことを祈念してやまない。

尚また、島田芳文先生の実妹・野見山静子さん（飯塚市在住）にも、篤くお礼を申し上げます。特に、妻女・島田光子さん、長女・末延洋子さんの亡きあとは、一方ならぬお世話になりました。重ねてお礼を申し上げます。

最後になりましたが、恩師の岡崎晃先生（元豊前市教育長）には、今回もいろいろとお世話をお掛けいたしました。深く感謝しております。

二〇〇七・八・十三　松井義弘

●主要参考・引用文献一覧（五十音順）

『秋田雨雀研究』藤田龍雄　津軽書房
『秋田雨雀日記』（全五巻）尾崎宏次編　未来社
『歌はわが友わが心　古賀政男自伝』
　古賀政男　潮出版社
『大分県歌壇史』山住久　大分県歌人クラブ
『大分県教育百年史』大分県教育委員会
『画報　近代百年史』（第三巻）
　日本近代史研究会編　日本図書センター
『今日も旅行く　若山牧水紀行』大岡信　平凡社
『校史（福岡県立築上中部高校）』
　校史編集委員会　文信堂
『極楽とんぼ』野口雨情　黒潮社
『この人たちの結婚』林えり子　講談社
『逆巻く大正　戦後体制の原型』
　村尾次郎　日本教文社
『「挫折」の昭和史』山口昌男　岩波書店
『雑学　東京行進曲』西沢爽　講談社文庫
『詩人の妻　生田花世』戸田房子　新潮社
『昭和文学盛衰史』高見順　文春文庫
『新版　歌の昭和史』加太こうじ　時事通信社
『新豊前人物評伝』（私家版）中村十生
『青年教師　石川啄木』上田庄三郎　三一書房
『相馬黒光と中村屋サロン』相沢源七　宝文堂
『大衆文芸地図　虚構の中にみる夢と真実』
　尾崎秀樹　桃源社
『大正後期警保局刊行社会運動史料』
　日本近代史料研究会編
『大正デモクラシーの死の中で』
　竹森一男　時事通信社
『田原春次自伝』田原春次　仲栄社
『父西條八十』西條嫩子　中央公論社
『父・若山牧水』石井みさき　五月書房
『定本野口雨情』（全八巻）　野口存彌編　未来社
『テロルの決算』沢木耕太郎　文春文庫
『東京人の堕落時代』夢野久作　葦書房
『流れ者歌謡考』新藤謙　ブロンズ社

『なぜ「丘」をうたう歌謡曲がたくさんつくられてきたのか　戦後歌謡と社会』村瀬学　春秋社
『日本童謡史〈1〉』藤田圭雄　あかね書房
『日本と日本人　近代百年の生活史』尾崎秀樹　講談社
『日本農民詩史』（全五巻）松永伍一　法政大学出版局
『日本ファシズム史』田中惣五郎　河出書房新社
『日本民衆歌謡史考』園部三郎　朝日新聞社
『日本レコード文化史』倉田喜弘　東京書籍
『女人芸術の人々』尾形明子　ドメス出版
『野口雨情　詩と人と時代』野口存彌　未来社
『上り列車の時代の歌　昭和流行歌覚え書』滝口明男　新教出版社
『白楊讃歌（中中・南高物語）』萩原幾光・前田潔共著　西日本新聞社
『評伝　長谷川時雨』岩橋邦枝　筑摩書房
『美を見し人は　自殺作家の系譜』小松伸六　講談社
『豊前市産業百年史』広瀬梅次郎　凸版印刷社
『文学的自叙伝』平林たい子　日本図書センター
『文芸復興期の才女たち　近代日本女性史』円地文子監修　講談社
『村の暮らし　ある小作農の手記』楠本藤吉　御茶の水書房
『明治大正昭和世相史』加藤秀俊・加太こうじ他共著　社会思想社
『明治末期の農村の面影』楠本藤吉　十方社出版
『吉野作造とその時代』井出武三郎　日本評論社
『流行歌三代物語』高橋掬太郎　学風書院
『流行歌のイデオロギー』長尾直　世界思想社
『我が心の歌』古賀政男　展望社
『若山牧水の秀歌』大悟法利雄　短歌新聞社
『早稲田365日』早稲田学報編
『早稲田大学建設者同盟の歴史　大正期のヴ・ナロード運動』建設者同盟史刊行委員会編　資料室報

〈島田芳文著作関連（刊行年順）〉
『新版　日本流行歌史』（上・中・下）
　古茂田信男・島田芳文他編　社会思想社
『愛光』（私家版）１９２１
『郵便船』（民謡集）詩人会　１９２２
『農土思慕』叙情詩社　１９２７
『萱野の雨』（民謡集）秀芳閣　１９２８
『日蔭花』（民謡集）秀芳閣　１９２９
『紅殻とんぼ』（童謡集）秀芳閣　１９３０
『雀の唱歌』（童謡集）秀芳閣　１９３１
『たぬき橋』（童謡集）秀芳閣　１９３１
『どんどろ坂』（童謡集）
　日本レコード協会　１９３４
『曠野に唄ふ』新歌謡作歌連盟出版部　１９３５
『桃栗三年』秀芳閣　１９３７
『お山の便り』（童謡集）秀芳閣　１９３８
『心のふるさと　島田芳文詩集』
　富士出版社　１９６９
『心のともしび　島田芳文詩集』
　富士出版社　１９７０
『心のうたごえ　島田芳文詩集』
　富士出版社　１９７１
『丘を越えて』（詩謡シリーズ第十一集）
　日本詩人連盟　１９７１
『心のふれあい　島田芳文詩集』
　富士出版社　１９７２
『心のやすらぎ　島田芳文詩集』
　富士出版社　１９７３

〈島田光子著作関連〉
『合同歌集「久路土」』安仲光男編　短歌新聞社
『十字座』（歌集・私家版）島田光子
『求菩提』（歌集・私家版）島田光子

松井義弘（まついよしひろ）
昭和11年　福岡県豊前市に生まれる
昭和30年　福岡県立築上中部高校卒業
平成12豊前市立図書館長に就任。平成19年6月退任。
著書
『黒い谷間の青春　山本詞の人間と文学』（九州人文化の会）／『仏教済世軍の旗　真田増丸の生涯』（歴史図書社）／『生活の山河』〈第一歌集〉（短歌新聞社）／『小川獨笑伝　豊前近代民衆史〈1〉』（近代文芸社）／『冬構え』〈第二歌集〉（雁書館）

日本音楽著作権協会（出）許諾第0704124—701号

青春の丘を越えて
詩人・島田芳文とその時代

二〇〇七年十一月三十日初版第一刷発行
著　者　松　井　義　弘
発行者　福　元　満　治
発行所　石　風　社
福岡市中央区渡辺通二─三─二四
電話〇九二（七一四）四八三八
ファクス〇九二（七二五）三四四〇
印刷　正光印刷株式会社
製本　篠原製本株式会社